5월

5월시 동인시집 제5집
5월

초판 1쇄 인쇄 2020년 5월 10일
초판 1쇄 발행 2020년 5월 18일

지은이 고광헌 곽재구 김진경 나종영 나해철 박몽구 박주관 윤재철 이영진 최두석
펴낸이 김연희
주간 박세경

펴낸곳 그림씨
출판등록 2016년 10월 25일(제406-251002016000136호)
주소 경기도 파주시 광인사길 217(파주출판도시)
전화 (031) 955-7525
팩스 (031) 955-7469
이메일 grimmsi@hanmail.net

ISBN 979-11-89231-33-0 (04810)
ISBN 979-11-89231-28-6 (세트)

이 도서의 국립중앙도서관 출판예정도서목록(CIP)은 서지정보유통지원시스템 홈페이지(http://seoji.nl.go.kr)와 국가자료공동목록시스템(http://www.nl.go.kr/kolisnet)에서 이용하실 수 있습니다.(CIP제어번호: CIP2020018232)

5월시 동인시집 제5집

5월

고광헌 곽재구 김진경 나종영 나해철
박몽구 박주관 윤재철 이영진 최두석

그림씨

머리말

하루가 다르게 변해 가는 1980년대의 상황 속에서 우리가 동인 활동을 해 온 5년은 퍽 긴 세월이다. 이제 상황의 변화와 함께 동인의 성숙한 모습을 보여야 할 때이다. 그 성숙이란 다름 아닌 철저한 자기반성과 역할 변화에 대한 분명한 인식이다.

통일이냐 영구 분단이냐의 갈림길이 점점 분명해지고 있는 현재 상황은 1980년 5월 상황의 전면적 구체화이다. 1980년 5월이 우리에게 분단 체제를 수락한 상태에서의 삶이 헛되다는 직관적 깨달음이었다면 이제 그 깨달음을 논리화할 때이다. 그 논리화란 '5월시'를 더 큰 집단적 자각 위에 세우는 것이다. '5월시'는 이제 지역문화 매체로 되돌려져 민중 에너지가 분출되어 나오는 통로의 역할을 하여야 한다. 이러한 변화는 동인지 체제에서 좀 더 개방적인 체제로의 이행을 요구하고 있다. 우리는 이러한 방향으로의 이행에 합의한다. 그러나 그 변화는 서서히 이루어질 것이다. 우리가 원하는 것은 기존의 무크지 형태가 아니기 때문이다. 우리는 앞으로 '5월시'에 참가하는 사람들에게 자신이 삶 속에서 실천한 만큼을 글로 참가하도록 요구할 것이다.

그 첫 시도로 우리는 광주 지역에서 활동하고 있는 후배들의 공동창작시와 그에 대한 산문을 싣는다. '들불야학'은 그 바탕에 집단적 움직임이 깔려 있어 튼튼한 서사적 힘을 획득하고 있다. 치받아 올라오는 후배들의 힘을 충분히 수용할 수 있는 체제의 확보에 더욱 노력할 것이다.

우리는 서정적 양식과 함께 총체성을 지향하는 서사적 장르의 개발에 노력하기로 합의하였다. 제4집부터 계속되는 박몽구 동인의 연작 장시 「십자가의 꿈」과 최두석 동인의 장시 「임진강」은 이러한 노력의 소산이다. 앞으로 박몽구 동인을 주축으로 한 5월에 대한 동인들의 공동작업을 모색할 것이다.

우리는 이러한 '5월시'의 정비작업을 위해 고광헌을 동인으로 맞아들이는 데 합의하였다. 고광헌 동인의 전체 운동에 대한 건강한 시각, 사회 전반에 대한 실천적 인식을 담은 시들은 많은 도움이 되리라 믿는다.

우리의 이 모든 시도는 결국 지역문화 운동으로 귀결된다. 지역문화 운동은 중앙집권적 지배 문화에 대한 구조적 공격이며, 민중 에너지가 통일을 향해 분출되고 집결되는 통로의 확보를 의미한다.

1985년 4월
5월시 동인 일동

차례

윤재철

고광헌

신중산층 교실에서 3
신중산층 교실에서 4
신중산층 교실에서 6
스포츠 공화국 일지 9
스포츠 공화국 일지 10
낙골 산동네 101번지 종점
노예들의 방담
유명 가수에게
이태원異胎院
유서 1
유서 2
작업 일지
통일로 3
통일로 4

신중산층 교실에서 3

텔레비전 화면 속에서는 디스코장에서
불에 타 죽은 친구들을 오래오래 비춰주고 있었어요

흑인 가수가 웃고 있는
가출한 친구들의 쪽방
널려진 옷가지와 화장품, 그리고
정붙일 곳 없는 눈동자들을 또,
오래오래 비춰주고 있었어요

신문·라디오·3류 잡지까지
교복과 두발 자유화를 큰 죄인처럼 걸고 넘어지고
인신매매 당한 친구의 눈물을
연예인의 사생활처럼 수놓고 있었어요

유명 교육학자님들과 상담 선생님들은
감수성이 예민해 이유없는 반항이 나타나고
청소년의 폭력 때문에 이 사회가 뒤집힐 것처럼
큰일난 얼굴로 걱정하시고
신문·라디오·텔레비전을 전폭적으로 믿는
엄마의 눈길 앞에
우리는 이미 죄인이거나 잠정적 피의자였어요.

그러나,
그 시간에도 우리는
사지선다의 숲 속에서
정답 찾는 훈련을 게을리 하지 않았고
팝송을 듣고 일본잡지를 보고
고독마저 감미로운 쵸코렛을 빨며
질 좋은 소니 워크맨으로
일본 가수 마유미의 「고이비또요」를 들었어요

그리고 또,
반공 글짓기 대회를 하였고
십 몇 년 전 강원도 산골에서 죽은 아이를 추모하는
웅변대회를 하였고
대통령 각하 지시사항
국무총리 지시사항
문교부장관 지시사항
경제교육, 혼분식 교육
모의 간첩신고 교육까지 다 했고
조회 시간 담임 선생님의 명령대로
학급일지에도 충실히 기록하여 증거를 남겼어요

그리고 얼마 후

장관의 보충수업 발표가 있었고
방학이 없어졌고
밤 열한 시에 귀가하는 나를 보는 엄마는
걱정거리 하나가 없어져, 나라님의 시혜를 고마워했고요

그러나,
변한 건 무엇인가요?

신중산층 교실에서 4
—스승의 날에

학생의 날도 없애고 스승의 날도 없앴으나
학생의 날은 일 년 열두 달 갇혀서도
이 땅 쩌렁쩌렁 울리며 날 밝힌다
핏물 철석이던 해
피 묻은 손으로 이날을 살려 놓았지

유겐트 대원이 그랬을까
음모의 손길 사지선다의 숲에서
25%의 정답을 골라쓰던 손길로
이것 아니면 저것
저것 아니면 이것을 선택해야 하는 가슴으로
종살이를 가르치는 죽은 가슴들에
카네이션을 달아 주었을까

뜨겁게 달려가 안겨야 될 가슴
통계숫자로 가득 차 있고
우러러볼수록 우러러볼 게 없는
절망의 합창을
애국 조회 애국가 부르듯 올해도 다시 불렀지

그러나
푸석푸석 떨어지는 합창 끝에서 솟아오르는

선생이 되기 이전
산동네 무허가 자취방 겸 교실에서
의자공장에 다니던 만근이가 달아주던
관악산 야생화
핏줄처럼 끈끈하던 울먹임,
남대문시장에서 반지락을 팔던 손으로
막걸리를 가지고 올라오시던
소금물 젖은 손길 속에
이날은 살아 있고
첩첩이 박힌 루핑 지붕 아래
뜨겁게 교통하고 있음을 안다

신중산층 교실에서 6

—한·일 신시대

번쩍이는 체육관 마루처럼
매끄러운 우리 교장 선생님의 일본말
일본말을 우리말보다 더 잘하시는
우리 교장 선생님

너무 야한 옷을 입었다고
머리칼이 귀밑까지 자랐다고
친구들을 야단치고 계실 때
농구장 세 개가 모여 있는 체육관에서는
엊그제 건너온 일본 농구선수들이
우리 학교 선수들과
정답게 연습하고 있었어요

체육관 중앙 높은 곳에는
한·일 농구 합동훈련

아버지의 옛날이야기가
떠올랐어요
남의 싸움에 끌려나갔다는 아버지들
아버지들의 이마 위에 완강하게 찍혔다는 히노마루
더 이상 내어줄 게 없던 식민의 땅
정수리에 박힌 붉고 붉은 태양을 보았어요

늙은 할머니의 눈물을 보았어요
작년 봄 세종로에 휘날리던 점령기를 보았어요

언제나 완벽한 일렬종대를 좋아하시는
우리 교장 선생님

스포츠 공화국 일지 9
—김원기

금메달을 목에 걸고도,
화려한 시상대 앞 태극기가
맨 먼저 올라가고 애국가가 울려 퍼져도
그저 무표정한 얼굴로 눈물만 흘리던
오빠를 보면서
오빠의 대학 시절 고향의 무차별 살육과
고깃국 한번 제대로 못먹였다며
울부짖던 엄마의 절규와
이 땅 가난의 피맺힌 영광을
나누어 가질 수 있는 사람들을 생각했어요

아첨꾼들은 조국 코리아의 지도자를
금메달의 주인공으로 추겨세우지 않는다며
거짓 삶을 알리지 못해 안달이고

고국의 시정배들은
날마다 텔레비전 앞에 부복하여
몽혼의 자장가를 들으며
평생 연금을 계산하고
질기디 질긴 싸움의 두 주먹
두 주먹의 근육을 풀어
「아! 대한민국」을 따라 부르며

손뼉을 쳤어요

억장 무너지는 오빠의 금메달 앞에
고향의 허물어가는 담벼락도
늘 라면만 먹어 힘을 쓰지 못하겠다던
시대의 가난도
다 거짓처럼 보였어요
차라리 모두 아름답게 보였어요

그러고는 없었어요
그 어느 곳에도 진실은 없었어요
변한 건 아무것도 없었어요
오늘도 고향의 담벼락은
변하지 않는 우리들의 가난처럼 기울고
가난해서 상급학교로 진학할 수 없는 오빠들은
단지 키가 크거나
힘이 좋다는 것 하나로 상급학교에 적을 둘 수 있고
하루 십 리터 가까운 땀 흘리며
수없이 귓밥 터지고
영광을 가로챈 사람들은
새로운 몽혼의 노래를 작곡하고 있어요

스포츠 공화국 일지 10
—친구에게

열여섯 불알만 차고 서울 올라와
성북동 꼭대기 학교 시멘트 코트에서 만났지
하루에 세 번
달 밝은 밤이면 저녁 운동까지
190센티의 빈혈로
배고픔으로 달리던 너
눈물겨운 단 하나 내 친구
그때 우리 매 참 많이 맞았지

소금기 다 빠진 몸 이끌고
합숙소에 돌아오면
합숙소 지붕 위 풀잎들만 무심히 자라 있고
언제나 목메이고
언제나 서운했던 식사시간

남은 허기를 쥐어잡고
이런 고생은 군인들이나 한다고
우리는 군대 갈 필요 없다고
시꺼멓게 탄 누룽지 나누어 먹을 때
쓰디 쓴 웃음 끝
내 이빨 사이 검게 낀 슬픔을 바라보며
불길 같던 눈물 감추던 너

그때 너의 눈물 속에서 보았지
빈 손으로 만난 놈들의 질긴 복수심을

친구야, 그 눈물
너는 아직도 키우고 있느냐

낙골 산동네 101번 종점

더러는 일당을 손에 쥐고
더러는 하루 종일 일거리를 찾아 헤매다가
빈 손 가득
어둠을 쥐고 돌아오는 밤

막막한 그리움
더 이상 뿌리 내릴 곳 없어
낮게 엉겨붙은 산비탈 무허가 모퉁이
무성하게 널려 자란 잡초밭 위에
어쩌다 궂은 비라도 쏟아지는 밤이면

눈물겨운 사람들
튕겨오르는 흙탕물에
아랫도리를 적시며 비포장도로 양 옆
값싼 우산의 행렬
값비싼 마음들을 기다리는
사랑의 도열을 보았는가

팍팍한 가슴
시퍼렇게 타오르는 칸델라 불빛 아래
가난처럼 설익은 과일 몇 알,
단칸방 여섯 식구 배고픈 웃음을 담아

마른 버짐 가득한 꿈 꾸는 눈동자를 찾는
못난 시대 풋풋한 희망을 보았는가

젖어가는 세상
늦은 저녁 빗줄기 사이로
저 아래 평지의 불빛 몸살나게 반짝이고,
그렇다
바라는 건 다만
하루하루의 일자리나 더 이상 쫓겨갈 수 없는
보금자리가 아니라
그대의 질긴 노동의 불빛이
몸살나 뒤척이는 땅
정직하게 갈아 뉘는 것이다

노예들의 방담

제3세계 교육 이야기를 하다가
우리의 심각한 교실을 이야기 하다가
어느 선생님이 말했다

국민학교 졸업하면 사분의 일 바보가 되고
중학교 졸업하면 삼분의 일 바보가 되고
고등학교 졸업하면 이분의 일 바보가 되고
대학교 졸업하면 온 바보가 되고
학교를 다니지 않으면
온전한 인간으로 남는다고

우리는 부끄러운 죄인이 되어 노예처럼 웃다가
우리가 받은 교육과
우리들의 거짓 가르침 위에 침을 뱉고
백묵을 버리고 게릴라가 된
남아메리카 선생의 고통을 이야기하고

정규교육에 대한 비정규교육과
제도교육에 대한 비제도교육과
지상교육에 대한 지하교육과

신중산층교육과 깨진 야학의

가치를 이야기하고
노예들의 희망 몇 개씩 비수처럼 챙겨
가슴 속
깊게깊게 내려꽂았다

유명 가수에게

내 교실을 언제나 들뜨게 하던 그대가
작년 어느 여성 잡지에서
일제시대, 내 부모의 고혈을 빨던 마름의 아들로
대동아전쟁 때는 주옥같은 시를 천황께 바치고
광복 이후 지금까지 상전 수시로 바꾸며
원로 대가가 된 늙은 시인과
아시아는 하나라는 공연 이야기를 하며
새로운 어둠 앞장서서 불 밝힐 때
그때
중앙청 꼭대기에 히노마루 휘날리며
그들의 수상이 왔다갔지
그대가 얼마 전 그들의 나라에 건너가
그들의 말로 「돌아와요 부산항에」를 부르고
사랑도 숨결도 마음도 심령도 하나 되자는
「아시아의 불꽃」을 부를 때

"요즈음 우리나라에서 한국 가수의 「돌아와요 부산항에」가 크게 인기를 얻고 있는 이유가 어디에 있다고 생각하십니까?"
"네, 부산항은 우리가 언젠가는 돌아가야 할 고향처럼 향수를 갖게 하는 곳 아니겠어요"
라는 인터뷰가 있었고
그대에게 노랫말을 준 시인은

그들의 신문에 일·중·한의 동양 정신이
아시아의 평화를 가져온다고 했다

어두운 거리,
밤늦게 귀가하는 내 학생의 혈관 속으로
유배지의 몸살난 노래와
그들 잡지의 쟈스민 향기가 녹아들고
그대가 목놓아 부른 불꽃의 임자는
우리들의 아랫목에서
그대의 노래를 흥얼거리고 있다

이태원異胎院

혹시 밤 두 시나 세 시경 이태원異胎院에 가보았나
불야성이 어떤 곳인지
치외법권이 어떤 것인지
산발한 반토막 꿈 어지럽게 흩어지고
이 지상
희고 검은 씨앗, 누워 받는 곳
이태원異胎院, 식민지 일번지 혹시 가보았나

사십여 년 섬사람 채찍 맞고
사십여 년 흰손의 채찍 아래 뭇매맞은 나라에
이제는 죽고 못사는 혈맹의 나라
시궁창 문화가 제일 먼저 상륙하여
동방예의지국, 환장해 내맡긴 몸뚱아리와
간음이 이루어지는 곳

두개골 가득 찬 식민지의 어린 아들딸
저 오색 네온사인 절망의 빛으로 부서지고
이 땅 거대한 감옥
덩치 큰 열쇠는 무서운 흰 손아귀 속에서 철렁이고
힘센 논리로 내 조국을 사수한다는
동맹의 나라

꽃잎처럼 아름다운 아들딸에게
종살이를 가르치고
피로 맹세한 우방의 병사와 뒹굴던
잠자리는 동반자적 호혜평등이었을까

혹시 밤 두 시나 세 시경 이태원異胎院에 가보았나
가보게,
순결한 조국의 처녀성이
조선주둔군 사령부 철조망 아래
배꽃처럼 떨어지는
식민지 일번지, 이태원異胎院에 가보게나

유서 1

다섯 남매 의무교육을 끝으로
모두 다 대처로 밥벌이를 찾아 쫓겨나고
그해 겨울 내내 폭삭 늙은 두 내외
남녘 땅 끝없이 내려쌓이는 눈발 속에서
첩첩히 엉겨붙어 뗄 수 없던 가난
시퍼런 삽날로 퍼담아
산다랭이 고추밭을 논으로 바꾸었다

평생을 남의 땅에 땀 쏟고
이장집 감나무 가지 위 확성기에서
팔월 뙤약볕으로 쏟아지던 새마을 노래
흥겹게 따라 부르고 내년 겨울에는
쪽방 자취생활 청산하고 동거생활을 시작한
큰아들의 결혼식만은
꼭 올려주고 싶다던 소리 잘 하시던
한수 아버지

새 봄 난생 처음으로 자기 땅에 뿌리 내리는
벼포기의 꿈들을 죽여 버리고
꽃샘바람 할퀴듯 허기진 뱃속에서 들끓던
눈물 삼키며 떠나갔다

검붉은 피, 빼앗기기만 했던 힘줄
쌓인 흰눈 위에 흩뿌려지고
피묻은 삽과 굳은 살 박힌 노동을 묻고
육순을 바라보던 나이
단 한 번도 채울 수 없던 소망
봄이 오는 길목 공복의 심장 속에
농약 탄 막걸리를 부었다

욕되어라
눈 닿는 곳 온통 남의 땅
두텁게 덮인 하늘 조각조각 찢어발겨 끌어내리고
오늘도 겨울 내내 갈라진 언 손 움켜쥐고
길게 목 뺀 삐비꽃 그리움,
새봄의 목메인 희망 위로
새벽, 이장집 감나무의 노랫소리는 꽂히고 있었다

유서 2

단칸 전세방
새까맣게 탄 네 덩어리의 몸부림
원한으로 깜깜한 가난의 이빨로
불에 타
버림당한 세상의 불에 타
쓸모없던 목숨들 불에 타 죽으면서
방안 가득 넘실대던 지옥 속으로
우리 식구 등 밀어대던 칼날 절벽 앞에
죽을 용기로도 살 수 없던 세상 앞에
단 한 번 마지막 시위로 이름은 남겼다

신문은 나를 가장 비정한 아버지라 했다

공부방을 갖고 싶었던 딸 아이
태어나면서 사람은
저 먹을 것 가지고 태어난다지만
불혹을 넘긴 나이까지도
애비는 믿을 수 없었다 우리 앞엔 보이지 않았다
시골 논밭도 우리 곁을 떠나보내고
구멍가게 리어카도 신명나게 끌어보았다
그리고 내 마지막 직업 '스페어' 운전수로
이빨 부러지게 살다가

오늘 새벽 빈 주머니 빈주먹으로 돌아와
남은 휘발유와
못난 가장 위해 더운 밥을 올려놓던 석유로
이십 년 내 가정, 내 새끼들의 눈물잠을 불사르고
나는 가장 못난 가장 노릇을 끝냈다

우리 다섯 식구
이 세상 어둠에 불붙여
온 몸 사루어 피어낸 불꽃 밝혀
극락강을 건너간다
살겠다고 뛰쳐나가던 어린 딸들의 꿈을
훔쳐 즐기는 포근한 잠자리와
독식의 배고픈 식탁 위에 남겨놓고 떠난다

칠흑의 숯덩이로 적막강산 떠돌며
덕지덕지 엉겨붙어 겨울밤을 새우는
수많은 식구들의 칼잠 속에 숨어들어
다시는,
저주받는 애비가 없는 기도로 살겠다

작업 일지

싸리비를 만들다 터진 손가락 사이로
혹한기 훈련이 다가오고
붉은 흙 파헤쳐 놓은 채 철수해 버린
국립공원 설악산 개발사업 표지판 아래
간밤에 도착한 신병의 불안한 눈동자
막막한 두려움 속으로
동해 바다 깊게 쌓이는 겨울 눈발 흩날리던 새벽

원주 사령부에서 춘천의 모기관에서
숨가쁜 하트라인 금속성 명령 떨어지고
보초만 남겨둔 보병들
밑동이 잘려 실려온 침엽수들을
황량하게 내리뻗은 설악동 진입로 양 옆에
거짓 의무와 함께 심었다

공병대에서 나온 포크레인이 언 땅을 파헤치면
보병은 총 대신 삽을 잡고
몇 십 년생 상록수를 일으켜 세우며
머리 끝까지 차오르는 항명과
푸른 제복의 논리를 함께 다져 묻었다

등덜미를 타고 흐르는 땀 속으로

매운 칼바람 내려치고
의미없는 하루 펄펄 뛰는 시간을 때웠다
상황실에서는 30분 간격으로
허망한 초겨울 산판의 작업 진도를 보고하고
우리가 작업을 끝냈을 때
그곳에 밑동 잘린 나무들이 아니라
벌거벗은 이 땅의 현대사가 흩날리는 눈발 속에 서 있었다

서울에서 온 높은 손님들을 송별한
그 나무들 다시 우리들의 손에 뽑히고
적과 전쟁은 그렇게
이 산하의 숨결 주눅들게 하고 있었다

통일로 3

어둠이
서로 믿어보지 못한 메마른 강산
뒤척이는 삶 속으로 길게 눕기 시작하면
이 길가
들꽃처럼 모여 앉은 마을들의 불빛
밀린 그리움 서럽게 피어 흔들려

새벽이 오기 전
군부대의 기상나팔 소리보다 먼저 일어나
젖은 가슴 젖은 손길로
못난 땅 부둥켜안고 가꾸던 사람들

빈손으로 젖은 발길로
돌아와 눕는 등 밑으로

만날 수 없어 산천을 떠돌다 돌아온
실성한 바람 울먹이는 소리들 먼저 와 쓰러져
선잠 속 산발한 꿈속을 헤매고

삽날과 흙이 만나는 소리
낫날과 숫돌이 만나는 소리
터진 손등과 손등이 만나는 소리

사십여 년 안부편지 울부짖는 소리
매 맞는 소리 바람 부딪치는 소리
아우성 소리 뒤엉켜 신음하고

이런 밤이면 어김없이
가늠자 구멍으로 제 땅 제 형제들 바라보는 눈,
눈길의 그림자 뒤에서 들리는
흰 웃음소리 뼛속까지 시렵게 들렸지

통일로 4

지난 밤 비에 젖은 통일로 코스모스
십여 년 전 이 강산 그 모든 혈육 속이려 오르내리던
긴긴 차량행렬 오늘 또다시
마른 목 빼어 바라보아야 하고
억장 무너져 낮게낮게 가라앉은 하늘
만날 수 없어 지천으로 떠도는 남과 북의 바람 흐느껴 울고
부끄러웠다
1984년 9월 29일*

아침 출근 후 교무실에서는
오랜만에 찾아온 3일 연휴가
텔레비전 프로와 교외 나들이를 붙잡아 매어놓고
프로야구와 올림픽 경기장 개막행사가
우리들의 수업, 우리들의 죽어가는 말들의 행간 속으로
웃으며 손짓하고
부끄러웠다
1984년 9월 29일

* 1984년 9월 29일은 분단 이후 처음으로 북한이 남한에 쌀 5만t과 옷감 50만m, 시멘트, 의약품 등을 보낸 날이다. 북한은 9월 초를 전후로 서울을 비롯한 중부지역에 집중호우가 내려 1백89명이 죽거나 실종되고 십 수 만여 명의 이재민이 발생하자 구호품을 제공하겠다고 제안했다. 하지만 수구언론들은 위장 술책, 남한사회의 갈등을 노린 정치공세라며 모처럼 조성된 남북 화해 분위기에 어깃장을 놔 빈축을 샀다.

이날 따라 우리들의 눈 우리들의 귀 우리들의 가슴
모두가 운동장으로 텔레비전 앞으로 거꾸러지고
사십여 년 몰매 맞은 이 땅 그 어느 구석에도
관청에도
학교에도
야당 당사에도
이북 오도청에도
행여 숨구멍 하나에라도
곰배 든 가슴 뜨겁게 갇혀 살아 흐르는
피돌림을 확인하려 하지 않았다
부끄러웠다
1984년 9월 29일

피 가른 혈육 오랜 결별 앞에
그것은 쌀이 아니다
옷감이 아니다
시멘트, 의약품이 아니다
그것은 힘센 손들이 결박한
묶인 산하, 묶인 심장의 혈관 풀어지는 소리다
만날 수 없어 미쳐 날뛰던 아우성
써 놓은 지 사십 년 된 색바랜 안부편지
꺾인 무릎, 피흘린 가슴

적색 선전으로 흑색선전으로
이 땅의 이름으로 죽은 자들의 혼례의 나팔소리다

부끄러웠다
1984년 9월 29일
통일로가 가까운 우리 학교
순결한 가슴들과 달려가고 싶었다
노예수업 팽개치고 달려가고 싶었다
이 땅 이 산하 목 죄이는
흰손들의 논리 찢어 버리고
빈 손 빈 가슴으로 달려가
우리가 되고 싶었다
우리가 되고 싶었다

곽재구

봄바람과 찔레꽃

미워하지 마
사랑해 줘
철조망을 넘어온 봄바람이
찔레꽃 덤불에 앉으며 얘기했다

아파하지 마
고통이라고 절망이라고
증오라고 생각해온 것들 그 모든
상실이라고 생각해온 것들에 대하여
다시 눈 감고 생각해 줘
찔레꽃이 조용히 눈을 감으며
튀어나온 광대뼈에 눈물빛이 스쳤다

다시 안아 줘
누구보다 아름답게 힘세게
부서지게 으스러지도록
다시는 우리 흩어지지 않도록
찔레꽃이 봄바람을
뜨겁게 껴안으며 얘기했다
해일처럼 남쪽에서 봄바람이 불어오고
철조망 아래 쌓인 낡은 뼈들이
오래 아픈 두 눈을 뜨고 있었다

미워하지 마
사랑해 줘
우린 하나니까
끝끝내 헤어질 수 없으니까
대지에 번져가는 봄바람 소리에
구멍난 철모 녹슨 수류탄
마른 찔레 덤불들이 다투어 피어올라
서로의 가슴에 뜨거운 희망의 낙인을 찍었다.

인해전술

너를 생각하는
내 마음은
불 달군 인두처럼
뜨겁고 따뜻하다

간다
우리는
산을 넘어
철조망 넘어
펑펑 터지는 지뢰밭 넘어

누구냐
우리 가슴에 총구를 대는 자
기꺼이 쏘아라 한 팔이
떨어지면 남은 한 팔을 흔들며
한 다리 떨어지면
피 묻은 한쪽 발 끌며
날카로운 섬광에
꽃처럼 대궁이가 떨어지면
꽃 같은 대궁이라도 웃으며 가리라

간다 기다려라

하늘까지 쌓아올린 철조망
치지직 전기가 울음 태우는 철조망
쓰러지고 또 쓰러져서
끝내는 철조망 위에 꿈틀거릴
사랑의 인해전술로
간다

간다 기다려라
사랑으로 굶주린 육천만 가슴으로
사랑으로 눈 먼 육천만 꽃송이를
거적으로 덮을 수 없는
이 순결한 사랑의 꿈틀거림으로

황국

가을이여 너는
한 줄기 고구려 유민의
퉁소 가락처럼 내게로 와서
어느 날은 가두 검문을 받던
한 황인족 형제의 누우렇게 뜬 얼굴과
무릎이 불거진 바지와 퀭한 눈빛을 생각게 하고
주민증 위에 가지런히 적힌
착한 내 분류 번호들이 퉁소 가락과
함께 춤을 추게도 한다
형제여 가슴에 민중의 은빛 훈장을 달고
허리춤에 우리의 꿈과 사랑을 지키기 위한
고전적 육모 방망이를 달고
온갖 구습과 악취와 부패를 제거하기 위한
인간적인 하회탈도 차고
그대 우리의 퇴근길을 다정하게 점검하는구나
직업과 종교와 철학과 독서그룹
병과와 노동조합과 월급여액과 엥겔계수
젊은 형제여 우리는 같은 황인족
오천 년을 함께 믿고 사랑한 지난날이 뜨거우므로
아무런 미움 없이 우리의 일상을 진술한다
무기력한 가슴과 양심과 지식과
김치 한 가닥 남은 도시락 뚜껑까지 펼쳐 보이고

우리가 비불온성 무죄 증명과 함께 돌아설 때
끝내는 이 역설의 화법을 이기지 못하고
노오랗고 큰 눈물방울들을
가을 햇살 속에 펑펑 쏟아놓던
한 무리 황인족의 꽃.

귤동리 1박

아흐레 강진장 지나
장검 같은 도암만 걸어갈 때
겨울바람은 차고
옷깃을 세운 마음은 더욱 춥다
황건 두른 의적 만 명이 진을 친듯
바다갈대의 두런거림은 끝이 없고
후두둑 바다 오리들이 날아가는 하늘에서
그날의 창검 부딪는 소리 들린다
적폐의 땅 풍찬노숙의 길을
그 역시 맨발로 살 찢기며 걸어왔을까
스러져 가는 국운, 해소 기침을 쿨럭이며
바라본 산천에 찍힌 소금 빛깔의
허름한 불빛, 부릅뜬 눈, 초근목피
어느덧 귤동 삼거리 주막에 이르면
얼굴 탄 주모는 생굴 안주에 막걸리를 내오고
그래 한 잔 들게나 다산
혼자 중얼거리다 문득 바라본
벽 위에 빛 바랜 지명수배자 전단 하나
가까이 보면 낯익은 얼굴 몇 있을까
나도 모르는 사이에 하나하나 더듬어가는데
누군가 거기 맨 나중에
덧붙여 적은 뜨거운 인적사항 하나

정다산丁茶山 1762년 경기 광주산
깡마른 얼굴 날카로운 눈빛을 지님
전직 암행어사 목민관
기민시 애절양 등의 애민시를 빙자한
유언비어 날포로 민심을 흉흉케 한
자생적 공산주의자 및 천주학 수괴
바람은 차고 바람 새에
톱날 같은 눈발 섞여 치는데
일박 사천 원 뜨겁게 군불이 지펴진
주막방에 누워도 잠이 오지 않았다
사람을 사랑하고 시대를 사랑하고
스스로의 양심과 지식을 사랑하여
끝내는 쇠사슬에 묶이고 쫓긴
누군가의 신음 소리가 문풍지에 부딪쳤다,

받들어 꽃

국군의 날 행사가 끝나고
아이들이 아파트 입구에 모여
전쟁놀이를 한다
장난감 비행기 전차 항공모함 잠수함
아이들은 저희들 나이보다 많은 수의
장난감 무기들을 횡대로 늘여놓고
에잇 기관총 받아라 수류탄 받아라
미사일 받아라 끝내는 좋다 원자폭탄 받아라
무서운 줄 모르고
서로가 침략자가 되어 전쟁놀이를 한다
한참을 그렇게 바라보고 서 있으니
아뿔싸! 힘이 센 304호실 아이가
303호실 아이의 탱크를 짓누르고
짓눌린 303호실 아이가 기관총을 들고
부동자세로 받들어총을 한다
아이들 전쟁의 클라이맥스가
받들어총에 있음을 우리가 알지 못했듯이
아버지의 슬픔의 클라이맥스가
받들어총에 있음을 아이들은 알지 못한다
떠들면서 따라오는 아이들에게
아이스크림과 학용품 한 아름을 골라주며
아무것도 모르는 아이들 앞에서

나는 얘기했다
아름답고 힘 있는 것은 총이 아니란다
아름답고 소중한 것은 우리들이
살고 있는 이 세상과 별과
나무와 바람과 새 그리고
동화책과 친구와 우리들 사이에서
늘 피어나는 한 송이 꽃과 같은 것이란다
아파트 화단에 피어난 과꽃
한 송이를 꺾어 들며 나는 조용히 얘기했다
그러고는 그 꽃을 향하여
낮고 튼튼한 목소리로
받들어꽃
하고 경례를 했다
받들어꽃 받들어꽃 받들어꽃
시키지도 않은 아이들의 경례 소리가
과꽃이 지는 아파트단지를 쩌렁쩌렁 흔들었다

거미

이 위태로운 한 줄기 철사줄에
몇 송이 별떨기와 함께 걸려
내 몸이 조여오는 까닭은 무엇인가
흉측한 얼굴 떡갈나무 잎새에 숨겨 두고
너는 햇살 부신 아침 숲속에
음모의 철사줄을 칭칭 동여매는구나
한 줄 탈출구도 없이
관용도 사랑도 이해도 동포도 나발도 없이
네게 돌아올 몇 덩이의 빵과 금을 위해
너는 너의 철사줄로 살붙이 형제의 목을 조이는구나
의사 교수 모기 잠자리 국회의원
선생 기자 하루살이 땅꾼 비둘기
외판원 접시꽃 질경이 장교 일수쟁이
국민학생 금붕어 장관 품팔이
이 땅의 살아 있는 모두는
너의 철사줄에 묶여 이리 끌리며
저리 당겨지며 저절로 쓰러지는구나
언제부터 우리에게 남과 북이 있었더냐
언제부터 우리에게 빨갱이 파랭이 흰둥이 노랭이가 있었더냐
언제부터 우리에게 휴전선과 지뢰밭과 죽창이 남았더냐
언제부터 우리에게 양키와 로스케와, 쪽바리와 뙤놈이 설쳤더냐

언제부터 우리에게 너의 철사줄 외에는 남지 않았더냐
살기 위해 한 마리
하루살이를 갉고 있는 너를 바라보고 있다가
구둣발을 힘껏 들어
너의 머리통을 이겨 버린다
용서해라 숲속의 죄 없는 거미야.

용정현 신평촌

잘 가거라 망할 놈의 한 해
눈길을 미끄러지며 늦게 퇴근한
아내 데불고 망년회 간다
춥고 또 추운 세상인데
사치고 낭만이고 양심이고
다 사라진 개꿈인데 홀로 중얼거리며
꽃집에 들러 장미 두 송이
안개 한 묶음 산다

칠 년 만에 귀국한 형수 내외는
아직 잊지 않았다는 듯이 보리냉이 국을 끓이고
일본에서 제일 먹고 싶었던 것이
보리국과 열무김치였다며 술잔을 비운다
경도 대학원에서 수석으로 박사과정을 마치고
그곳 대학의 한국사 강의를 싫다 한
이종 형의 귀국 이유를 나는 모른다
술이 오른 형은 하지 않던
문학 이야기와 정치 이야기도 하고
보여줄 것이 있다며 방구석의 VTR을 켠다

연변 조선인 자치주
용정현 동성향 신평촌

NHK방송이 세밀 프로로 방영했다는 이 필름에는
한글로 뚜렷이 새겨진 자막 위에
낯익은 초가집과 황토 구릉들이
그대로 펼쳐지고 있었다
온돌과 가마솥과 흰 밥과 콩나물과 열무김치
아아 아무것도 변한 것 없이
조선족 조선말 온전히 고스란히 남아서
옹기종기 평화롭게 살아가고 있구나
소원이 있다면 고향에 돌아가는 것
아버지와 어머니의 살붙이를 만나 함께 사는 것
말끝마다 녹두꽃 이슬이 맺혀 있었다
담장 밑에 두엄더미 그대로 있고
머윗대도 듬성듬성 푸르게 자라던
용정현 신평촌

한 번 본 필름을 돌려주고 또 돌려주던
상기된 이종 형의 얼굴을 보며
나는 이종 형의 망년회의 의미를 깨달았다
이종 형이 그립다던 보리국과 열무김치도 깨달았다
어린 조카들이 모인 건넛방에서
우리네 꿈은요 하나
풋풋한 노랫소리가 들려왔다.

잊혀진 노래

늦은 밤 셔터가 굳게
내려진 상가 앞을 지나거나
깨진 유리병 보도블록 조각들이
뒹구는 거리를 지나면서
지금은 가락조차 온전히 외지 못하는
그 즈음의 노래를 불러 봅니다 어머니
산이 그 넉넉한 가슴 안에
푸른 풀과 바람과 바위를 거느리듯이
어머니 우리가 우리들 삶의 가슴 안에
아기들의 웃음소리 같은 아름답고
깨끗한 풀 한 포기 키울 수 있다면
그 풀잎에 한껏 매달려 휘영청
휘영청 세 번쯤 그네를 띄우고 가는
초록 바람과 함께 어울려 살 수 있다면
그 어떤 싸움과 증오와 굴욕 앞에서도
의연한 의연한 한 바위가 될 수 있다면
어머니 우리가 그 즈음의 노래를
잊고 사는 것이 끝내 죄가 되지 않을 거예요
풀들이 서로 어깨를 두드리며
언덕이 언덕을 굳게 껴안으며
강물이 그들의 사랑하는 사람들 이름과
주소와 추억과 묘비명을 들판 위에 적으며

진 뮤셀만 부인에게 1

당신의 편지를 받던 날
이른 봄비가 한국의 산천을 적셨습니다
봄빛이 찾아왔다는 로키산록의
기슭에서 부쳐진 당신의 편지에는
몇 마디 잃어버린 모국어 대신
로마자가 적혀 있고
떠나온 한국의 산천 모두가
그립다고 적혀 있었습니다
어렵고 궁핍했던 시간들이었지만
부산과 서울에서의 학창시절은 보람있었고
그중에서 시와 사랑과 혁명을
생각했던 서울의 4월은 언제나
가슴 뜨거워진다고 적혀 있었습니다
그리고 당신은 계속 적었습니다
한 주일 36시간의 노동과 안락한 생활
교회당에 나가는 딸 수잔과 아들 리치에 대하여
지난 성탄절의 유럽 여행에 대하여
그리고 이 따뜻한 평화가 가져다주는
알 수 없는 불안과 죄책감에 대하여
나는 조용히 생각해 보았습니다
복사꽃이 핀다는 당신의 고향 동래 어디와
당신이 썼다던 시와 혁명의 노래와

동두천 어디에서 만났다는 당신의 남편 뮤셀만과
봄이 왔다는 콜로라도의 고원과
푸른 눈빛의 수잔과 리치에 대해서
LOVE진珍이라고 적혀진 마지막 인사 속의
알 수 없는 당신의 고독과 절망에 대해서
끝내는 더더욱 알 수 없는
우리들 모두의 좌절과 공허에 대해서
밖의 빗소리가 거세어졌습니다
당신의 가슴에서 우리들의
가슴으로 전해지는 조그만 개울물
소리가 들리는 듯합니다
따뜻하고 힘 있는 형제들의 이름으로
당신에게 축복과 사랑이 함께 하길 바라며
갑자년 이월 한국 광주에서 총총.

잘못한 사람이 잘못한 사람을 용서하는
그 노래는 끝내 불려질 거예요
그 노래는 끝내 살아날 거예요.

진 뮤셀만 부인에게 2

한복을 입고 활짝 웃는
당신의 사진 잘 받았습니다
꽃각시처럼 예쁘게 차린 수잔과 리치의 모습이
너무 예뻐 오래오래 기뻤습니다
그렇지만 한국에 시의 시대가 열렸냐고 물어온
당신의 질문 때문에 곧장 가슴이 막혔습니다
누군가 시쟁이라는 허름한 이름을 붙여올 적마다
깜짝깜짝 놀라곤 했지만
사랑도 싸움도 정신도 그 무엇도 아닌
거짓 시를 줄레줄레 써온 지 몇 봄
당신의 물음 속에는 이 땅의
모든 거짓 시쟁이들에 대한 꾸짖음과
분노가 들어 있었습니다
그래 너는 너의 시에
너의 정신의 순결함의 일부라도 적었더란 말이냐
가책 없는 헐값으로 너의 아버지와
어머니의 지난날을 팔지 않았더냐
온갖 기호와 말장난과 어수선한 현학으로
너의 치졸한 잡문을 시라고
눈가림 아옹하지 않았더냐
말뿐인 38선 말뿐인 통일 말뿐인 실천
말뿐인 화해로 너의 조악한 글을 읽는

형제의 눈에 숫다래기 불거지게 하지 않았더냐
대학교수라고 컬럼니스트라고
인기 작가라고 평론가라고 양심도 다 팔고
멋지게 폼을 잡고 파이프도 물고
2행시 4행시 심지어 한 줄 시도 발표하고
그것도 문제작이라 들춰내고
한두 차례 읽은 서양 이론 속에
발버둥 송장헤엄 치지 않았더냐
그래 놓고 지금이 시의 시대더란 말이냐
이실직고해라 이놈들
부산 광주 서울 풍비박산 흩어진
거짓 시쟁이들아
당신의 질문은 끝없이 내 귓전을 울렸습니다
지금 한국은 시의 시대가 아닙니다
또한 그 무엇을 위한 시대도 아닙니다
단지 우리들이 지금까지 살아왔고
언젠가는 지금처럼 살아가지 않을 것이라는
사실이 중요할 뿐입니다
당신의 아들딸과 함께 꽃자줏빛
한복을 입고 화사하게 웃고 있는
당신의 남편 뮤셀만에게 감사의 정 표합니다
갑자년 꽃피는 3월 한국 광주에서 총총.

김진경

구로공단을 지나며

교직은 성직이니까
입에 풀칠만 할 수 있으면
자기를 희생해서 봉사해야 한다고
직원조회 시간에 낭독하는 공문의 글줄이
무의미하게 지나가고
반복되는 수업시간
이제는 안 보고도 외우는 수업내용을 주절거리며
창밖을 본다
길 잃은 매가 한 마리
잎 떨어진 미루나무 위에서 날고
아, 내가 새였으면
생각하는 사이에도 나는 쉴 새 없이 아이들을 가르치고 있다
나는 누구일까
내가 한눈 파는 사이에도
21페이지 5행에 줄을 거요
이거는 꼭 시험에 납니다
쉴 새 없이 주절거리는 나는 누구일까
차라리 여기 돌아가는 피댓줄이라도 있다면
한눈 팔 때 잘려나가는 팔이라도 있었으면
잘려나가는 고통이라도 있었으면
정신이 잘려나가는 데는 고통도 없다
정신이 잘려나가는 데는 피도 없다

밤 10시 자율학습을 마치고 돌아가는 길
뒤에서 무언가 바스락거리며 나를 부른다
거기 낄낄거리며 나를 부르는 건
잘려나간 나의 팔일까
가로등에 길게 끌리는 내 그림자엔 팔이 없다
내일은 다리가 없고
모레는 머리가 없겠지
우리들은 산업전사이다
집에 가는 길 구로공단을 지나며
공장마다 걸려 있는 플래카드를 본다
산업전사이니까
입에 풀칠을 못해도
목숨 바쳐 일해야 하나
피곤한 표정의 사내들이
하나둘 올라와 무거운 몸을 기댄다.

질문

이제 한글을 모르는 사람은 없으니까
영어를 모르는 게 까막눈이라고
우리나라도 많이 발전한 셈이라고
말씀하시는 선생님
선생님이나 우리나 모두 까막눈이 아닌가요
소문에 소문이 꼬리를 물고
2강이니 3강이니 4강이 모여
우리나라가 통일을 해야 된다는 둥
서로 머리를 맞대고 수군댄다는데
선생님이나 우리나 까맣게 모르잖아요

세상을 색안경을 끼고 보지 말라고
타이르시는 선생님
우리는 모두 색안경을 낀 것이 아닌가요
소문에 소문이 꼬리를 물고
일본이 어떻다는 둥 얘기하는데
중앙청에 펄럭이는 일장기의 붉은 태양
그것이 푸르른 평화의 빛깔이라고
길거리에 서서 일장기를 흔들었잖아요

이것은 사랑의 매라고
종아리를 때리시는 선생님

우리들은 얼마나 더 사랑을 받아야 되나요
20만 동학군이 죽었다는 우금치
한 마을이 몰살당했다는 제암리
어린애까지 학살당했다는 거창군
아, 이루 다 헬 수 없는 마을과 도시
온 땅이 푸른 멍이 들었는데
우리는 얼마나 더 사랑을 받아야 되나요
남의 자유와 남의 평등을 위해
얼마나 더 맞아야 하나요

대답해주세요 선생님
침묵만이 오래 오래 눈처럼 쌓여
온 세상을 하얗게 덮었는데
쓸 데 없는 귀는 잘라버릴까요
쓸 데 없는 눈은 덮어버릴까요
살아남아야 한다는 말만이 오래오래 내려
온 세상을 하얗게 덮었는데
위험한 입은 막아버릴까요
시끄러운 세상이 너무나 조용해요
대답해 주세요 선생님.

어머니의 코스모스

며칠째 결석하는 수남이네 집
봉천동 산동네 막바지에
때 이른 코스모스가 피어 있다
구멍 뚫린 플라스틱 대야 속에
고개를 흔드는 코스모스

앓아누워 있는 수남이 어머니의
시름 섞인 얘기
논 팔아 서 울에 올라와서
몇 번 손해 봤노라고
아버지는 나가서 돌아오지 않고

아버지는 나가서 돌아오지 않고
아, 나는 대전시 홍도동 산번지에
어머니가 심던 코스모스를 생각한다
저녁 늦게 돌아오는 어머니
농약공장 하루일에 물집 잡힌 손을 대야물에 담그고

일당으로 받은 전표로
되쌀을 사러 갔다 오면
어머니는 쓰러져 계셨지
의사를 데리러 달려가고

의사는 전표는 안된다고 돈을 가져오라고
결국엔 어쩔 수 없이 무당을 데려오고
무당은 종이를 태워 물에 뿌리고
녹슨 부엌칼로 어머니에게 물을 먹였지
며칠째 결석하는 수남이네 집
구멍 뚫린 플라스틱 대야 속에
코스모스가 고개를 흔들고 있다

의사가 무슨 소용이냐고
선생이 무슨 소용이냐고
정치가 무슨 소용이냐고
악착같이 주머니에 넣어 주는
수남이 어머니의 솔 담배를 피워 물면
연기 속에 코스모스가 가득히 피어
고개를 흔들고 있다
더는 안된다고
더는 속이지 말자고

로마 교황에게

방탄유리 속에서 손을 흔드는
당신이 TV화면에 클로즈업될 때
어머니는 당신이 천사와 같은 사람이라고
하지만 우리는 당황했다
방탄유리의 뚫린 구멍으로 내밀어진
천사의 악수를 우리는 이해할 수 없었다

천사가 왜 우리를 두려워할까
누구는 우리가 악마의 새끼이기 때문이라고 하고
누구는 천사가 면죄부를 팔았기 때문이라고
그리하여 우리는 어릴 적 세계사 시간
시험답안용으로 외웠던
면죄부의 황홀한 위력을 보았다

자유를 압살한 봉건영주들의 죄를 사하고
학살자인 기사들의 죄를 사하고
악마의 새끼들인 이 땅의 농노와 노예들은
영원히 피흘리고 일방적으로 용서하라고
우리는 군홧발로 우리의 허리를 밟고 서서
외치는 백인천사白人天使를 보았다

당신이 면죄부를 팔던 날

교통이 마비되어 저물녘에야 집에 도착했고
면목동 산山번지에서
다시는 부활할 수 없도록 우리 악마들의 가슴에 박은
붉은 십자가들을 보았다
라디오에서는 유명한 한국인 목사가 강력하게 주장하고 있었다
"성령의 핵폭탄으로 우리를 불타게 하소서"

봉숭아 손톱

그 손톱이 다
1930년대 만주 길림성
잘도 숨어 다녔다는 비적의 떼
햇빛 좋은 봄날 바위틈에 나앉아
겨우내 꼬인 이를 잡아내던

그 손톱이다
비적의 애비 곁에
눈동자 까만 애비의 딸
보리알 같은 이를 잡아 터뜨리는
손톱에 향수처럼 분홍으로 물들어 있던

그 손톱이다
6·25적 어느 시골길
둥그나무 밑에 눈이 퀭하게 앉아 있었던 소녀
가슴에 물든 고향의 파도소리
노을에 타며 손톱에 감겨들던

그 손톱이다
5월 어느 날 금남로나 광주 역전
젖가슴에서 흐르는 피
손톱에 감기어 불꽃으로 타오르던

그 손톱이다
프레스에 잘리어 붉게 물드는
물들어 가슴에 맺히는
숨가쁜 우리의 삶이 되는

그 손톱이다
이름 모를 암흑의 벼랑에서
암장된 우리들의 가슴마다 물들어 있는
끝끝내 우리를 떠나지 않는
그리하여 지금 때 묻은 손으로
새벽의 빗장을 여는
우리들의 그리움이다, 밀어라.

왜 몰라!

TV마다 방송마다
통일로 가는 길 떠들어대고
요란스러운 학자님들 나와서
조심조심
돌다리도 두드리다 못 건너려고
이 눈치 저 눈치 애써대고
우리가 가진 게 더 많으닝께
차라리 그 길은 안가능 게
낫겄다고 색色써대고
배 타고 한 시간에 가는 길
걸어서 삼십 분에 가는 길
눈 감고 왔다 갔다 하던 길
잘 아는 사람들은
말할 기회도 없이
국으로 앉아서 벙어리 냉가슴 앓고
잘 모르겠다고?
알고 싶지 않다고?
모르능 게 낫겄다고?
왜 몰라!
있는 감투 없는 감투
수십 개씩 대가리에 얹어 쓰고
가려니까 못 가고

가기 싫고 안 가지
있는 보화 없는 보화 다 챙겨서
대대손손 물리려니
못 가고 가기 싫고 안 가지
쏘니, 워크맨, 팝송 없이는 못 살아용
그렁 거 없는 통일은 바라지 않아용
컨퍼넌트 스테레오 씨스템 크래식 없이는 못살아용
그렁 거 없는 통일은 바라지 않아용
일식 요정 탈렌트 없이는 못살아용
그렁 거 없는 통일은 바라지 않아용
스텔라, 도요다, 그레나다 없이는 못살아용
그렁 거 없는 통일은 바라지 않아용
뭇잡놈들 입 째진 대로 지껄여대고
미쓰비시, 쉘, 후지카 본사에선
메이드 인 유우 에스 에이
메이드 인 쟈판
쓰지 않는 생활은 고매하지 못하고
비문화적이고 야만적인 생활이라고
대명천지에 야만적인 통일은 있을 수 없다고
방방 떠대고
아이 비 알 디, 아이 엠 에프
빚 받을 수 있을까 프로그래밍해서

컴퓨터에 처넣고
비비비비 통일은 곤란해요
빚 받을 수 없어요
빚 받을 수 없어요
개나발 불고
못해요, 안돼요, 곤란해요 소리
소리 우르릉 쾅쾅 좁은 땅에 몰아쳐 오면
경제학자 프로젝트 따서
케인즈 쁘라스 마르크스 이콜 엠씨 자승
고로 통일은 말로만 하고 실제로는 곤란함
국사학자 국어학자 나서서
화랑 쁘라스 화백제도는 말갈 쁘라스 여진보다 크다
고로 통일은 명목으로만 하고 실제로는 뭉개야 됨
TV마다 방송마다
어떻게 꼬아서 모르게 할까 난리쳐대고
목사놈들 나서서
나이키와 미쓰비시의 복음을 북한동포에게 전합시다
악쓰다가 제 멋에 겨워
성령의 핵폭탄으로 우리를 불태우소서
하니
힘 없는 놈
돈 없는 놈

백 없는 놈
무식한 놈
야코 죽고 기 죽고 김 빠져서
잘 모르겠다고?
알고 싶지 않다고?
모르능 게 낫겄다고?
왜 몰라!
말 타고 고개 넘어 장가 가던 길
조청에 인절미 싸 들고 친정 오던 길
호미, 곡괭이 들고 김매러 가던 길
도리깨, 낫 들고 추수 오던 길
총각, 처녀 손잡고
소금처럼 흐뭇한 달빛 속을 걷던 길
왜 몰라!

TV를 보며

한글 전용이니 국한문 혼용이니
점잖은 양반들이 나와서 핏대를 세우는 화면을 보며
그것이 한·일 문화교류의 핵심문제라는 걸
너는 모르겠지
한일 문화교류가 왜 나쁘냐고
TV에 나오는 여러 어르신네들 박수치는 일이 왜 나쁘냐고
대드는 아이야

국한문 혼용체가
일본 문체의 번안이라는 걸 너는 모르겠지
우리 교과서에 한자를 없애는데도
일본의 여러 석학들 모여 미국의 압력이라고 떠들어대고
한국은 국한문 혼용을 해야 한다고 수상도 고개를 끄덕거리는
이유를 너는 모르겠지
오랜 세월 교과서는 너를 잠재우고
방송은 너를 잠재우고

선생과 학생이 모여 앉은 시간을 슬프게 한다
일본이 남침으로부터 우리를 지켜 준다면
그게 뭐 나쁘냐고 대드는 아이야
나는 뭐라고 말해야 할까
이 세상은 먹을 줄만 아는 돼지들이 지배하는 세상이라고

아니면 우금치나 만주 벌판
이 땅의 곳곳에 뿌려진 피를 이야기할까

아니면 마산 수출자유지역
밥값도 안 되는 일당에 매여 파리해진
우리의 누이들을 이야기할까
몸버려 떠도는 이 땅의 순결을 이야기할까
왜 그렇게 유식한 선생님이 대학교수도 못 되었냐고
대드는 아이야
마음은 빼앗겨 만신창이 몸만 남은
우리들의 땅을 이야기할까
아, 색깔 요란하게 썩어가는 식민의 꽃을 이야기할까

뿌리내리지 못하는 나무

아버지는 나무를 심었다
향나무 가지를 잘라 둥그런 찰흙 덩어리에 꽂고
뿌리가 잘 내리도록 약을 넣고
묘판에다 줄을 맞춰 심었다
물은 더 줘도 덜 줘도 안된다
아버지는 이르고는 집을 나가서 돌아오지 않고
뿌리가 내리면 몇 만 원씩 나간다는 나무에
나는 때맞추어 힘들게 물을 주었다

기다려도 나무는 뿌리를 내리지 못하고
농약을 만지는 일에 물집 잡힌 어머니의 손처럼
썩기도 하고, 말라 죽기도 하고
돌아온 아버지의 피로한 모습은 어느덧 나무를 닮고 있었다
아버지는 불쑥 화를 내고
네가 물을 너무 많이 주었구나
나는 죄없이 쥐 박히며 말했다

무슨 벌레가 있나 봐요, 나무의 뿌리를 갉아먹는
아버지는 중얼거리는 나의 말에
거대한 벌레에게 뿌리를 잘린 듯 넘어져 울었다
"그래 무슨 벌레가 있는 모양이다"
나의 손을 잡고 나서는 아버지의 손은 따뜻했다

그게 무슨 벌레인지
아버지와 내가 무엇에 합의한 것인지
보리밭을 흔들고 오는 바람 속에서도 나는 알 수 없었다
뿌리 내리지 못하는 수천 그루 나무
아버지가 죽는 날
우연히 살아 자란 두 그루 향나무가 문 밖에 흔들리고
어머니는 문득 나에게 말했다
보기 싫구나, 저 나무도 마저 뽑아버려라

절룩거리며 걷고 있는 노루새끼 얘기를 했을까

굵은 글씨로 발목지뢰라고 써 놓은
교련선생은 무슨 이야기를 하고 갔을까
비무장 지대의 푸른 풀밭을
절룩거리며 걷고 있는 노루새끼 얘기를 했을까
노루새끼의 슬픈 눈망울을 얘기했을까
아니면 우기의 축축한 정글
아오자이를 피로 물들인 채
죽어가던 베트남 처녀의 눈망울을 얘기했을까
아이들이 칠판을 지우는 동안
벽에 걸린 지도를 들여다보면
거기 영문 모르는 노루새끼들의 눈망울이 있다
돌아서면 아이들아
너희들의 눈망울이 노루를 닮아가고 있다
그래도 혹시 비무장 지대의 우거진 숲들이
한라에서 백두까지 뻗어간다면
남은 지뢰들은 머리 굳은 선생들이 가슴으로 안아 터뜨리고
너희들은 다친 발목으로나마
새 아침의 풀을 뜯을 수 있으련만
그렇다면 너희들이 선생이 되어도
지뢰를 피해 포복하는 법을 가르치지 않아도 되련만
아, 숨죽여 숨죽여 살아남는 법을 가르치지 않아도 되련만
지금은 책상에도 유리창에도 운동장에도

아슬아슬한 발목지뢰
붕대로 싸매도 감춰지지 않는 우리들의 아픈 다리
칠판 위에 발목지뢰라고 써 놓은
교련 선생은 무슨 이야기를 하고 갔을까
복도에서, 교실에서, 운동장에서
절룩거리며 걷고 있는 노루새끼 얘기를 했을까.

빈집

눈오는 아침 점호를 받고 작업에 나간다.
외국에서 시찰단이 온다고
때 아니게 한적한 시골길을 포장하고
생나무를 잘라다 길옆에 가로수로 세웠다.
시멘트 블록을 쌓아 없는 돼지들의 우리를 짓고
추운 겨울바람에 빨갛게 언 귀를 화톳불에 녹이면서
불꽃 위로 쏟아지다 자취도 없이 스러지는 눈발을 본다
새마을 지도자는 막걸리잔을 돌리며
군인들이 일을 잘하긴 잘해 열적게 인사치레를 하고
우리들은 말이 없다
돌아오는 길 사람이 떠난 빈 집 앞을 지나다가
툇마루에 쌓인 눈을 본다
우리 얻어온 소주나 치우고 가지
과묵한 이병장이 앞장서서 부엌으로 들어가고
김일병은 나뭇가질 줏어다 불을 지핀다
시골집에 늙은 어머니만 남아계시다고
십여 호 되던 고향이 이제는 빈 집이 반도 더 된다고
자기도 진즉 살길 찾아 고향을 떴었노라고
내리는 눈발을 바라보는 이병장의 눈빛이 물기에 젖고
불빛에 얼굴을 붉게 물들인 채 아무도 말이 없다
외양간에서 소방울 소리라도 들릴 듯싶게 고요한 빈 집.

나종영

들꽃

누가 이름없는 꽃이라 부르는가
누가 이름없는 꽃이라
짓밟아도 좋다고 그러는가
거친 발굽 아래서도 푸른 하늘 보며
일어서는 저 들꽃을
이 땅의 들녘에 지천으로 핀 저 넋들을
누가 앗아가도 좋다고 그러는가
쇠보리 여뀌풀 망초꽃 앉은뱅이꽃
원추리 방동사니 하늘지기 들찔레
가슴 떨며 피어나는 자유여 생명이여
전봉준이 넘어선 황토 마루
김주열이 다시 살아 떠오른 역사의 바다
젊은 사람 쓰러져 잠든 수유리 산그늘에
어둠을 딛고 끝없이 살아나는 저 피울음의 불꽃들을
누가 불러 이름 하나 없는 무지렁이라 하는가
총알이 뚫고 간 거역의 거리 시멘트 담벽 틈서리에
억센 생명의 뿌리 내린 풀꽃 하나
누가 이름없는 꽃이라 부르는가
짓밟힌 땅 꺾어 내팽개쳐도 좋은
들꽃이라 부르는가
가슴 태워 끝없이 불타오르는
자유여 생명이여.

시詩

시가 아무것도 아니다 싶을 때
가슴이 큰 사람을 만나고 싶다
한 뼘 영욕에 눈이 멀어
형제의 목에 큰 칼을 씌운 야만의 밤에도
어머니 넓은 마음으로
쫓긴 형제를 지켜준 무등산 그 깊은 산능처럼
가슴이 큰 사람을 만나고 싶다
그의 손은 거치나 흙을 부드럽게 하고
그의 넋은 뜨거우나 새벽이슬을 내려서
잠든 풀잎에 맑은 햇살을 머금게 한다
시가 아무것도 아니어서 시 쓰는 일조차
버리고 싶을 때
새벽 논두렁 찬 풀잎에 발목을 적시는 삽 한 자루
낫과 보습을 가진 흙의 사람이 되었으면 싶다
그의 말은 서투르나 우리들의 가슴을 따스하게 하고
가진 것 없으나 한 줌 흙을 일구어
땀흘리는 사람들이 함께 웃고 사는
우리가 대대로 누울 땅을 일으키리라
그를 만나고 불빛 따라 밤길 돌아올 때
그는 다가와 가만가만 너의 여윈 등을 다독이리라
그런 밤이면 나는 시를 쓰지 않아도
흙가슴 불타는 한 사람 시인이 되리라.

조카의 금강산

지도를 펴보이면서 금강산이
우리나라 산이냐고 아니냐고 물어오는
너에게 나는 할 말이 없구나
그곳은 갈 수 없는 땅이고 남북이 갈라져
총구를 들이대고 있어서 가 볼 수 없는 산이라고
장난감 총을 머리에 겨누면서
빵빵 쏘아대는 너에게 길게 설명할 수 없구나
조카야, 아직 키가 작아 희망을 간직한
조카야 지난여름 북에서 실어온 쌀을 보고
나쁜 나라 물건이라고 텔레비전 채널을 돌려 버리던
너를 보고 평양이모는 울었다
수재민에게 나누어준 한 줌 북한쌀을 만지작거리며
눈물을 흘리는 이모를 보고 덩달아 너도 울었지만
너는 커서 금강산에 가볼 수 있을까
어디서 주워 배웠는지
공산당은 싫어요 노래를 유창하게 불러대는
여섯 살짜리 어린 네가 나는 섬찟하지만
누군가 너에게 잊어버린 금강산을 가르쳐 주었구나
조카야 철이 없어 꿈이 많은 조카야
봄 여름 가을 겨울 사계절 금강산의 아름다움을
너에게 입이 닳도록 설명해 보고 싶지만
내금강 외금강 비로봉 옥여봉 지도를 펴놓고

일만 이천 봉 노래 불러보고 싶지만
나는 너에게 할 말이 없구나
금강산은 우리나라 산이고
북쪽도 남쪽도 다 우리나라 땅이고
북이고 남이고 모두 다 한핏줄을 타고난
그리운 형제 자매라고 무엇보다 먼저 성급하게 말하고 싶어서
가슴이 타는 나는 너에게 할 말이 없구나
분단 40년 이제는 통일이 된 한 나라
통일이 된 한 겨레로
살아가야 할 조카야.

백남준

워커힐 빌라에서 그는 말했다
비뿌리는 한강을 바라보면서 원더풀
지구를 반바퀴 돌아 멀고 먼 곳
뉴우저어지의 아름다운 호반을 생각하는 그는
20세기의 신화를 파는 예술
비디오 아트에 대해서 말했다
한 잔의 토마토 쥬스와 한 조각 후렌치 토스트로
아침식사를 마친 그는
전쟁통의 고국을 떠나 뉴욕이나 쾰른 그리고 비스바덴에서
일본인 아내 구보다 시게꼬와 함께 누릴 수 있는
천 퍼센트의 자유에 대해서 말했다
거침없이 피아노를 두들겨 부수고
바이올린을 톱으로 자르고 TV 화면을 비틀면서
밋밋한 삶에 양념을 치듯 천 퍼센트의 자유를 누릴 때
멀고 먼 곳 고향 강마을
툇마루 시렁 위에 걸린 보리밥 한 그릇 생각했을까
사람의 밥과 자유를 위하여
강기슭 풀섶에 주저 앉아 핀
이 땅의 앉은뱅이꽃 한 송이 생각했을까
아서라 나는 모르리라 서른다섯 해
물 건너 남의 땅 하늘 아래 살아온
끈질긴 외로움과 세계를 향한 열린 마음의 깊이를

나는 모르리라 형제가 총을 겨눈
우리들의 땅 아직 갈라서 있고
우리들의 꿈과 희망 아직 찢겨져 있으므로
멀고 먼 나라 넘쳐흐르는 천 퍼센트의 자유를
고향 강마을 우리들 앉은뱅이꽃 한 송이
한 점 불꽃 같은 자유를 위하여 떨고 있으므로

호스티스 김경임金京任

누가 스물다섯 너의 흰 가슴에
칼못을 박았을까
폐수 넘치는 중랑천 가 오만 원 사글세 방
곰인형 잠자는 선반 못에
무엇이 너를 목매게 하였을까
집 떠난 스물다섯 전라도 가시내야
복사꽃 자지러진 고향 샛골 마을
서울 가서 돈 잘버는 딸
착한 누이로 소문이 난 너를
보이지 않는 세상의 깊은 대못 하나
네 마음을 찔렀을까
용서해라 애비없는 너희들
세상 사는 것 힘부치는 것 보고
대학 나온 사위 하나 얻을렸더니
어찌 땅가시풀 내가 네 마음을 알았을까
비료값도 부쳐주고 하나 있는 남동생
학자금도 부쳐 주길래
두 눈에 넣어도 아프지 않은
곱디 고운 딸 네가 기특하여
진실한 신랑감 얻어주려 했더니
혼숫감 광목끈으로 제 목숨을 끊다니
욕되구나 룸싸롱 접대부 지폐 한 장 살꽃값에

눈물 훔친 너를
좋은 직장 편한 자리 자랑했던
이 못난 에미가 부끄럽구나
수십 번 마음 되찾아 돈사는 사람들 앞에
웃음꽃 팔았다면
어찌 단 한 번 거짓 마음 감추지 못하였더냐
달빛 타는 복사꽃 송이 착한 너의 넋
홑꽃으로 너울져 펄럭이는구나.

화해에 대하여 1

개와 고양이가 화해를 한다면
무슨 말을 어떻게 할까
개는 꼬리를 흔들면서 고양이의
부드러운 털에 키스를 하고 사랑을 속삭일까
고양이는 꼬리를 낮추면서
두 발을 들어 재롱을 피울까
기분이 나쁘면 꼬리를 낮추고
두 발 사이에 꼬리를 더 깊이 사려 넣는 개와
기분이 나쁘면 꼬리를 세워 흔드는 고양이 사이에는
화해의 방법이 없다
그럼에도 개와 고양이는 서로의 밥을 빼앗아 먹지 않고
서로의 희망을 짓밟지 않으며
한 집에서 사람들보다 잘 어우러져 산다.

화해에 대하여 2

너는 늘 나에게 지나간 과거에 대하여
잊어버리자고 달콤하게 속삭이며
손을 내밀지만
우리에게 보다 나은 먼 내일이 기다린다고
장밋빛 노래 불러주지만
나는 너의 손목을 잡을 수가 없다
안경 너머 희죽거리는 너의 웃음 뒤에
숨은 음흉한 흉계와 네가 내민 손길 뒤에
덮쳐올 야수의 발톱을 잊을 수가 없다
너는 나의 사랑을 빼앗고 여린 젖가슴을 찢고
피투성이 나를 비바람치는 거리에 내동댕이쳤다
이제 너는 푹신한 안락의자에 앉아
TV 채널을 이리저리 돌리면서
이 겨울 배를 채울 한 끼의 밥과
몸을 데울 몇 장의 연탄을 생각해 준다
한 조각 봄볕마저 빼앗으면서
기름진 얼굴로 씽긋 미소를 흘리는 너에게
화해란 언제나 부드러운 것이다.

화해에 대하여 3

숲속에는 짐승들이 어우러져 산다
서로 몸을 기대며 너른 마음으로 흔들리는
풀잎 한 잎 한 잎을 토끼가 씹는다
물욕이 없어 작은 똥을 싸는 토끼를
족제비 한 마리가 집어 삼킨다 순간
피맛을 즐기는 독수리가 족제비를 날카로운 발톱으로 찍는다
숲속에 평화는 깨지고
총을 든 사람들이 거리를 누비면서
길짐승이고 날짐승이고 닥치는 대로 쏜다
그리고 그것을 자연법칙이라 한다
몸을 부대끼며 사랑을 나누는 풀잎
풀잎 사이로 날아다니는 메뚜기를
개구리가 날름 삼킨다
하루먹이를 위하여 힘겹게 뛰어다니는
개구리를 길목을 지키는 뱀이
한 입에 꿀꺽 삼킨다
순간 풀밭에 희망은 깨지고
무릎을 꿇고 술잔을 치켜든 사람들은
그것을 화해라 부른다.

나해철

흙갈이의 노래
봄노래
이디오피아
까마귀
호박꽃

흙갈이의 노래

흙을 갈세 흙을 갈세
마음 열고 핏줄 이어
막힌 가슴 탁 터지게
하나 되어 흙을 갈세
아들 낳고 딸을 낳고
남남 북녀 모두 만나
천년 만년 살아보세
북쪽 형제 마음 풀고
남쪽 형제 가슴 넓혀
옛적같이 하나되어
우리끼리 흙을 갈세
입으로는 미워한 듯
가슴으로 따뜻한 정
주고 받던 옛날 옛적
그때 사랑 흘러 흘러
우리 강토 적시는데
부모 형제 부부 사촌
고종 이종 사돈 동서
서로 서로 사이 좋게
같은 핏줄 이어보세

한 민족이 하나되어

서로 돕고 사는 것은
자연스런 이치인데
같이 모여 사는 것이
왜 이리도 어려우냐
우리 모여 같이 살면
좋은 것은 우리 민족
행복한 것 우리 후손
우리 서로 따로 살면
덕보는 데 어느 데고
손뼉친 곳 그 누구냐
그들들은 그들대로
우리들은 우리대로
저 좋도록 살아보세

남 좋으라 우리 형제
따로 갈려 삿대질해
헤어져서 손가락질
지난 세월 무정하다
보고 싶은 부모 형제
아름다운 산과 시내
그리웁고 그리워라
잠 못이뤄 하는 밤이

얼마나 또 많았더냐
손 내밀고 껴안아서
한 나라를 안 만들면
우리 사랑 우리 기쁨
다 깨지고 부서진다
남의 뜻과 남의 칼로
내 형제를 내가 치고
부모 손에 내가 죽고
내 발길에 우리 강토
찢겨지고 버려진다

우리 시대 이제까지
헤어져서 오랜 세월
무섭도록 날을 세워
싸움날듯 노려보며
원수처럼 미워했다
그 누구라 한 형제를
헤어지게 만들었고
어느 누가 원수되게
역사 위에 분칠했나
그들 위에 오랜 세월
가슴 깊이 상처 상처

피고름을 쏟았구나

한 형제야 한 민족아
해 뜨는 곳 찾아 찾아
몽고고원 만주평야
동쪽으로 동쪽으로
말달렸던 우리 선조
그 우람함 그 씩씩함
이어받아 하나되세
숨막을듯 에워싸는
입들 눈들 떼어내고
거짓 사랑 거짓 노래
남의 주의 남의 사상
모두 모두 돌려주고
우리 방법 우리 철학
우리 얼굴 우리 사랑
뜨겁도록 일으켜서
우리들이 우리끼리
우리나라 만들어서
세세손손 누려보세
어절시구 저절시구
신명나게 흙을 갈세

봄노래

눈 뜨고 밖을 보니 봄꽃이 피었다
소처럼 누운 산과 들을 불태우듯 꽃들이 피었다
꽃이 피었으니 묶인 것을 풀고 산에 가야겠다
동아줄을 풀고 들에 나가야겠다
그대 향한 노래와 그대 향한 포옹의 꿈조차
부끄러운 것이 되는 세상을 풀고 자유롭게 서야겠다
역사에 못이 박히면 그대로 살에 와 깊이 박히고
강토에 철창이 서면 가슴에 가시덩쿨 무성해지는 이 봄
꽃들이 죽음의 끝에서 일어나 천지에 가득하므로
쇠줄을 맨손으로 끊고
풀처럼 바위처럼 이 땅의 바람 속에 서야겠다
눈들어 햇빛 찬란한 푸르른 하늘을 보아야겠다

이디오피아

허기져 흙에 몸을 섞는 그대들을 지금 슬퍼한다
이 별을 지배했으나 속절없이 사라지고 말았던
먼 원시의 공룡들처럼
이제 그대들이 먼저 죽어간다
독하지 못하고 풀과 같은 그대들이 먼저 흙에 눕는다
한 시절 땅의 주인이었던 것들의 뼈로
산을 이룬 중생대 지층처럼
서로 사랑하지 않으면
땅 위에선 모두 없어진 사람들이
쌓여 이 시대의 퇴적층을 이루리라
마음이 차가웠던, 전쟁을 즐겼던
척추동물의 머리 뼈와 정강이 뼈로
우리들은 우리들 시대의 지층 속에 화석으로 박히리라
죽어서도 눈을 감지 못하는 이디오피아의 아이여
너의 이름은, 너의 꿈은 무엇,
네가 즐겨 부르던 노래는 어떤 것이었느냐
배고파 죽은 아이야
너는 순결한 인간의 영혼으로 졌으나
아직 살아 있는 대륙의 우리는
짐승으로 남아 너희 누운 그 자리 위에
한갓 짐승의 영혼으로 눕게 되겠구나
영원한 바람만 하늘을 가로질러 흐르고 흐르겠구나

까마귀

첫 휴가온 동생은 까마귀가 밉다고 했다
남에서 배불리 먹고
북에 가서 살찌우고
둥지 튼 비무장 지대에서 마음놓고 번식하여
새하얀 들판을 까맣게 덮는
그놈의 새가 제일 밉다고 했다
그놈의 새를 향하여 수백 번도 더 방아쇠를 당겼지만
인간을 위해서만 만들어진 총탄은
한 발도 발사되지 않았다고 했다
그의 적은 새떼였는데도
적을 위해서 만들어진 총탄은
결코 까마귀를 향해서는 날아가지 않았다고 했다
이제 스무 살인 얼굴이 깨끗한 동생은
얼어터진 손발을 내보이며
미어지는 그리움을 알았다고도 말했다
얼어터진 손발을 쪼며
미어지는 그리움을 까맣게 덮으며 번식하는
까마귀들이 밉다고 했다
바다 건너와서 이 땅의 비무장 지대에서
튼튼해진 부리와 발톱으로
얼어터진 깨끗한 영혼과 흙을 할퀴는
그들이 밉다고 했다

호박꽃

꽃 중의 꽃이라 서슴없이 부르겠다
두엄가 토담 위의 노오란 네 꽃잎을 보면
박토이건 음지이건 한데서도
횃불처럼 타오르는 너를 보면
배시시 웃으며 형제들의 얼굴로
피어 있는 너를 보면
꽃 중의 꽃으로 네가 아름답다
간밤의 돌개바람과 장대비 속에서도
살아서 새벽 속에 싱그러운 너를 보면
뜨거워지는 가슴
산맥과 평야가 열리고부터
이 땅의 후미진 곳에서 수천 년을 죽지 않은 너는
여린 줄기로 땅을 덮고 지붕을 건너 감나무를 타고 오른다
너는 철조망과 장벽을 오르고
분계선을 건너 달리고 부드러운 새 생명을 낳는다
밟히면 이지러지는 살덩이로
그러나 결코 죽지 않는 정신의 너는
샘물처럼 이 땅의 어디에서나 솟아나
노오란 네 꽃잎을 펼친다
평남 강서군 초리면 필리 안씨댁 돌담 위의
빛살처럼 밝고 고운 얼굴
만주 길림성 집안 통구 한인 자치구

고씨네 집 남쪽 뜨락에 몇 천 년 지지 않고 열리는 너는
그리운 형제의 얼굴
청계천 6가 평화시장 옥상에
살아서 열매 맺는 너는 꽃 중의 꽃
쇠보다 강하게 불보다 뜨겁게
웃고 있는 형제들의 얼굴

박주관。

어머니와 일박一泊
춘원을 떠올리며
황민皇民의 시인으로
몽탄에서
대부代父 일지
바라봅니다
그 빈집에는
그 여인
그 기자의 입
농장다리
눈 오는 밤
쌀이 왔다

어머니와 일박一泊
—서울의 사랑 11

막내 동생 면회 갔다 오던 길에
수년 만에 어머니가 집엘 들렀다.
살아가는 일이야
어찌 말 다하고 살아갈 수 있으랴마는
결혼식 때 상경했다가 먼발치로 돌아선 뒤
이제야 아들네 집에 와서도
통 말씀이 없었다.
여자야 네가 데리고 산다마는
일가 친척붙이도 알아야 하고
형제간에 우애도 있어야 하니
고향에 내려와 사는 게 어떠냐시던
그 음성이 오늘 밤
서울 하고도 수해 지역
망원동에 와서 걸리고 말았다.
막내놈 제대하면 대학 학비는
네가 대줘야 할 것이다
담배만 피시는 등뒤로
딸아이는 할머니도 못 알아보고
집 사람은 금세 얼굴이 변하고 만다.
걱정 마세요 어떻게든 제가 해보지요
이제까지 너 월급 받아서
막내놈 용돈이라도 준 적 있더냐

에미넌 보약 값 아꼈다가 졸업시켜라
어머니와의 한밤은 설핏설핏
기울어가고 가슴에 무너짐만 쌓이는데
다리 뻗고 누울 고향 그리며
재형저축이니 복지보험이니 정기적금이니
모든 것들 팽개치고 싶지만
자고 일어나면 원수놈의 서울은 거기에 있었다.
아서라 그냥 거기 놔두어라
방귀도 잦으면 똥 나오는 법
언젠가는 용기 있게 고향에 갈 수 있으리라

춘원을 떠올리며

그는 민족의 독립운동인 광주光州 학생운동을 어리석은 군중심리라 했다. 각양각색으로 변하는 현대인들은 그의 문장과 예술 정신을 사면서 골치 아픈 한국 근대사 뒤안을 들먹이질 않기를 은근히 바란다.

일제시대에 어디 체제 속의 개혁자 없었더냐고 술좌석에서 화제가 미치면 그저 돈버는 일에나 열중하자고 부라보 외쳐버리는 이즈음의 친구들.

한 여자의 사랑을 받았으면 그뿐인데 민족까지도 사랑하며 소설을 써서 한국문학의 선구자가 되었으니 해보다는 득이 많은 그 사람을 욕하지 말자고 중동에 다녀온 창호 녀석은 골치 아프다며 2차를 제의한다.

지금 세상에 400원짜리 커피 장사도 안되는데 살아갈 궁리나 해야지 옛사람 들먹여서 무슨 소용이냐 장미희 개가 돌아왔다더라 그 이야기나 하자며 침 튀기는 옛날엔 문학반이었던 여성지의 기자 친구.

비화를 들먹여서 어쩌자는 것이냐 정인숙의 약혼자가 있었으니 그게 한국 사회에서 차지하는 비중이 큰 것인가(입 있는 자 맞춰 보라)

이런 논법으로 편다면 춘원의 사랑이나 변절도 별 볼 일 없는 일 아닌가

아예 한국 문학사에서 거론치 않는 게 어떨까 문학 사가들이여 사랑의 이야기만 쓰고 그를 우리 문학에서 추방시키는 것이

어떠뇨.

황민皇民의 시인으로

저는 개교기념일 축하시나
송시를 청탁받은 적도 없고
쓰지도 못할 것 같습니다
가라! 천황 폐하 아래로 군홧발로
어버이를 대신해서 자식들아
용기 없어 외치지도 못합니다
죽었던 어느 대학의 여총장처럼
살아서 눈만 껌뻑거리는 여류시인처럼
얼굴 뜨겁지 못해서
많은 젊은이들이 죽어간
월남전의 업적도 기리지 못하고 있습니다
시인詩人은 혼자서 고독해야 하고
어둠의 방에서 낱말 짜맞추기
어느 일간 신문의 문제나 풀면서
그냥 그저 있으면 된다고 하기에
황민시皇民詩를 썼던
우리 선배 사백詞伯들처럼
멋있게 살지도 못하고 있습니다
다만 세미나에 참석하여
안면 익히기에 바쁘고 고갤 숙이기에 익숙하면서
혼자만의 영역을 키워가고 있습니다
아침 식사 후면 언제든 나오는

따끈한 한 잔의 커피를 마시면서
저는 황민皇民이기도 거부하고
뛰쳐나가서 뛰노는 망아지도 싫어합니다
무엇에 저 같은 놈은 쓰느냐고요
기다리면서 보는 거죠
회장 감투라도 쓰면 전원 해산을 명하면서
투항해버리는 자가 되는 거죠
저도 슬픕니다
우리 시인들이 쓸쓸해 보이지마는
안 쓰면 그것이 최상의 시詩입니다

몽탄에서

전남 무안군 일로면 몽탄면 간이역에서 하차한다
천구백칠십사년의 나른한 봄날
오후에 학교에서 쫓겨난 선배와 함께
낚시 가방 들춰메고 논둑길 걸어가던
나의 모습 보이기 시작한다
탄광을 캐러 야산을 뒤지던
읍내 중학교에서 수석만 하던
천사 마을이 가깝던 곳에서 태어났던
품바 품바 노래하던 선배 따라서
영산강 줄기 어느 곳에서 진지를 친다
라디오에선 대통령기 쟁탈 야구 중계가 한창이고
농민들은 모심기 작업에 한창인데
뻔뻔하게도 강가에 마음 드리우고
정국의 앞길을 쳐다보던 두 사람 무겁게 앉아 있다
장면은 바뀌어 광주光州와 서울에서
두 사나이 번화가를 걸어가고 있다
밀짚모자 들고서 막걸리로 배 채우던
돈 떨어져 라면도 고마워하던 그들
어깨 위로 몇 장의 지폐가 떨어지고 있다

여학교 선생 되어서 무어라 색깔을 이야기할 수 없는 냄새 속에서 몇 년을 살았어도 여전히 살아 있다고 외치고 있는 그나 상사들 눈총 보기 싫지만 나는 너희들의 속물근성이 없다고 자위하면서 나날을 보내는 풍경 속에 갑자기 달려온 몽탄행 열차는 사람들을 치고도 달리기 시작한다.

대부代父 일지

가봉의 봉고 대통령이 두 번씩이나 한국에 왔다. 휠체어 타고 다니던 가장이 서울 시장에게 유서를 쓰고 자살을 했다. 서울대학교 학생들이 총장실 앞에서 농성을 했다. 어느 여인은 보험금을 타기 위하여 남편 청부 살인을 했다. 어떤 조각가는 파리에서 돌아와 개인전을 열었다. 유독가스는 우리 소관이 아니라며 농수산부와 환경청이 줄다리기 시합을 했다. 여의도의 선량들은 훈장을 훔치려다가 국민들에게 들키고 말았는데 어느 택시 운전사는 가엽게도 분신자살을 하고 말았다. 노총과 자동차 보험은 그에게 행정상의 보상을 할 것인가, 내부의 일이라는 보고서에 의한다면 보상이 될까. 가정을 버릴 수 없어 가족으로 돌아간다는 어느 국회의원의 말은 당연한데도 신문에는 톱기사로 머리를 장식했다. 몸 버리고 마음 버리는 게 그 일이구나 여겨지니 내 선배, 의원 비서관이 희미하게 떠올랐다. 고시 합격하여 판검사 되겠다던 어느 대학 졸업반이 굶어서 죽고 말았다. 상도동계와 동교동계와 소석계와 중도계가 기선을 잡으려고 바둑 두는 중이라고 한다. 살아가는 이야기들이 이렇게 복잡한데도 내 사무실의 사람들 별로 말이 없이 그저 눈만 굴리고 퇴근 후 한잔 약속에 바쁘다.

바라봅니다

이름만 바라보고 삽니다
부음란에 나오는 명사들의 죽음과
결혼식을 알리는 생활 정보란에
밝혀져 나오는 떠남과 맺음의
가계도를 그려보며 삽니다
한 줄의 기록을 남기기 위하여
살아가는 높은 뜻을 품고
뛰어야만 되는 세상을 그 난들이 보이면서
더욱 더 뼈저리게 느껴집니다
야당 지도자의 사위가 되는 여당의 아들들
라이벌 회사의 며느리가 되는 딸들 속에
아름다움은 피어오르고
선조의 치열했던 선비 의식은 사라져가기 시작합니다
장사꾼의 죽음이 어디 세상에 나올 수 있나요
시장통 어느 구석에서 죽어가는 것이지요
바라만 보면서 저도 정신을 잃기 시작합니다
자식을 위하여 산다는 게 바로 이런 것이라 보이니 허망합니다.

그 빈집에는

지금은 이 세상에 없는
누님이 살던 집의 주소는
종로구 궁정동 13의 14번지
지금은 허물어져 없어졌지만
밀주로 목 축이던 간이주점 지나쳐 가면
방 두 개짜리 조그마한 한옥집
지방 공무원이던 매형 따라
서울 살림길에 나서서 전세로 얻어 살던
그 집의 창고 위에 다다미 방 하나 있어
유학 생활을 은근히 바랐던 나는
이층에서 바라보던 옆집의 고요함에 고개를 내저었다
서울 갑부들은 식사할 때도 조용하고 은은하게
말소리도 사근사근
몸짓도 우아하게 소심하게 하는 거라 배우며 몇 번씩이나 변하는 잔디 색깔만 바라보다가 군대에 갔다
전셋돈 올려달라 주인 얘기 있어
그곳은 떠나와 살면서 잊어버렸는데
어느 날 그 집에서 주인이 총 맞아 죽었다고 했다
그 빈집에도 주인이 있었다는 것을 신문을 보고서 알았다.

그 여인

김밥 장사 아줌마 마음도 좋아
한밤중 외로움에 지친 이들
사랑 나누다 김밥 먹을 때
여인숙 창가에 쌓이는 눈을 보며
한순간 하늘 바라보며
돌아온 길을 더듬어본다
집에서 자고 있을 남매 얼굴 그리며 사우디에서 죽어간 남편 품안 그리울 때
바늘로 허벅지 못찔러도
마음의 침으로 뛰어넘는다
어떤 이들 외로워 몸도 줄 때에
사는 게 슬퍼도 자라나는 눈동자
가슴에 살아 있어
오늘밤도 길 나서며 입술 깨문다.

그 기자의 입

어찌 말로 다할 수 있으랴
우리의 머릿속은
언제부터인지 옭아매지기 시작하면서
입도 제대로 놀릴 수 없게 되었다
내 말이 아니라 누군가의 말에 의하여
칭찬 받고 평가 받는 세상에서
글 몇 줄로 그들의 정신을 결정짓는
시詩라는 것은 써보지도 않았던
어느 기자의 입은 거짓말투성이다
고개 숙일 줄 아는 저 못난 글쟁이들
스스로 먹물이라고 외쳐대는
그러나 결코 자기 속것은 주지 않는
지식인들의 간사한 혀 앞에서
그 기자의 입은 간지러움을 타기 시작한다
문화를 책임진다는 그들 앞에
기나 고동이나 데사리나 똑같이 춤추는
기상천외의 장면이 펼쳐지면서
이 주일의 시詩 10걸과
이 주일의 소설小說 베스트 텐을 발표할 날도 머지않았다
개나 주어라 죽이나 쑤어 개 줄 것을
우리들은 등돌리며 그 혀에서 빠져나오자

농장다리
—내가 살던 광주光州 7

죄수들이 몰려와 삼삼오오 떼지어
배추밭을 가꾸는 것을 보았다
동명동 형무소 농장에서 향도들 지시받으며
똥장군 메고 가는 머리 깎은 그들의 어깨를 보았다
주택가로 자리 잡기 시작한
동명동 농장다리는 철길 위에 걸려 있는데
전남 여고 뒤켠으로 흐르며
100번지를 스쳐 지나가던 오물들도 여전한데
많은 이들을 가두었던 그 건물은 없어지고 말았다
벽 속에 갇혀 사는 사람들이
농장에 일하러 오는 날엔
왠지 모르게 눈물이 나던 어린 소년이었는데
지금은 눈물도 말라버린 성인이 되어서
눈앞에 어른거리던 파란 빛만 보고 있다
많은 이들 죽어갔던 그 자리엔 편한 잠을 자는 사람들만 팔
뻗고 살아가고 있다

눈 오는 밤

— 내가 살던 광주光州 8

누나가 결혼식을 올렸던
중앙예식장 곁골목 여인숙에서 잠을 잔다
한 해가 저물어 가던 밤중에
눈이 소복이 쌓여 연착된 고속버스를 타고 내려와
출판 기념회를 방해하던 자들과
벽 하나 사이로 술을 들면서
반백이 되었다던 그 사람의 얼굴없는 시집을 펼쳐보면서 눈물 흘린다
에레나가 되었다던 그만이 부를 수 있는 노래를
후배들이 합창하는 가운데 형사 기동대는 시동을 끄지 않고
내려쌓이는 눈발 속에 지켜 서 있다
토요일 밤에 우리는 모여서
고향에서 농사짓고 있는 그의 어머니와 동생을 떠올리며
긴 세월의 갇혀 있음을 깨닫는데
시詩 쓰는 자 아무것도 아님을
그가 외치고 있는데 어느 곳 하나
변한 게 없다
부끄럽고 참담한 마음으로
장성 갈재를 넘어와 진정으로
진혼가를 부를 수 있는 용기있는 자들이 모여서
서로를 북돋고 껴안고 있다
긴 밤 자는 데 이만원으로 족한 고향에서

따스함으로 그녀를 포옹하며 눈물 흘리는데
먼 훗날에 오늘밤의 아쉬움이 헛되지 않음을 믿는다.

쌀이 왔다

지하에 계신 아버님
통일 쌀이 어제 도착했습니다
옥양목 포플린도 왔는데
진짜 이게 북쪽의 선물인지
실감이 나지 않았습니다
집사람이나 옆집 아낙들은
받기는 받았는데 울상이었습니다
혹시 배가 아플지도 몰라
무슨 약이 발라져 있을지도 모른다며
서로서로 흩어져 가버렸습니다
아버지, 고향을 떠나와 죽어버린
그 숱한 이북 사람들을 친구로 둔
당신을 떠올리며 평양 경마장에서
말 타던 일제 시대의 모습을 그려보기도 했습니다
누가 알면 기마 순사라고 여길지 몰라
당신은 노가다 십장이었는데 북쪽의 대동강 가에서 살았던 적이 있던
남쪽 사람임을 밝혀야지요
판문점 넘어온 그 쌀을 먹고
매일매일 똥 누웠으니
통일의 거름을 자꾸자꾸 쌓았으니
어찌 기분이 좋은지요 소식 전합니다

기쁨보다는 경계가 앞서는 이 땅에서
손 잡고 춤출 날 정녕 돌아온다면
이런 연습 못해서 춤도 못추면 어쩌지요
그럴수록 자꾸자꾸 통일 춤 배우며
통일 똥을 누면서 고향길 가는 길에 거름 주는 머슴이 되어야지요
아버님 좋은 소식 있으면 또 들려드리겠습니다.

윤재철

역학力學

광양민光陽民 자궁사건自宮事件

땅끝에서

세석 가는 길

대흥사 매미 소리

대자보

저 들판 겨울나무로 가고 싶네

아메리칸 사운드 1

아메리칸 사운드 2

아메리칸 사운드 3

역학力學

이대 입구 버스 정류장
크레인이 이리저리 지하철 강재들을 들어올리고
크레인의 전제된 엄청난 힘에 놀라다가
문득 팔뚝에 내려앉은 하루살이 한 마리
입 맞추듯 아니면 무언가 말하려는 듯
털 사이를 비비적거리다가 이내 사라져 버린
하루살이 한 마리가

크레인만 하게 보였다, 아니
크레인보다 더 크게 보였다
좁쌀만 한 것이 내 팔뚝을 누르다가
내 가슴을 누르다가 보이지 않는 엄청난 힘으로
나를 누르다가 이윽고는 사라져 버린
하루살이 한 마리가, 그 작은 몸뚱아리가
내 속에서 아팠다, 크레인만큼
크레인보다 더 크게 내 속에서 아팠다

역설일까, 스치듯 조금만 문질러도
형체도 없이 사라지는 하루살이 한 마리가
역설일까, 스치듯 입김만 불어도
태풍처럼 나가 떨어지는 하루살이 한 마리가
그러나 그것은 껍데기일 뿐, 침묵일 뿐

우리들의 삶은 형태가 없는 듯, 아무것도 아닌 듯
어쩌면 음모처럼, 어쩌면 숨죽인 산처럼
또한 그렇게 뿌리로 이어진
보이지 않는 감각의 역학인 것을

어린 시절 수제빗국을 먹고 나와 노는 타작마당
여름 저녁 하늘 위로 떼지어 날아다니던 하루살이가
이제는 무수한 암호로 다시 살아
가난하고 힘없는 우리들의 삶 그 끝에서
혹시는 파헤친 흙더미 속에서, 혹시는 공장 굴뚝 속에서
사람들 깊은 상처 속에서 나와
사람들 사이 여기저기 옮겨다니며
씨앗처럼 옮겨다니며
우리들 가슴 한가운데 산맥으로 꿈틀거리는 것을

광양민光陽民 자궁사건自宮事件

영조 10년(1734년) 광양의 소년이 자궁(自宮: 宮은 불알썩일 궁. 원래 궁형은 사형 다음의 극형임. 거세)을 했다. 광양의 한 백성이 아들을 데리고 친척집을 찾아다니며 걸식할 때 친척들은 첨정징포(簽丁徵布, 곧 황구첨정黃口簽丁: 이조 때 삼정의 문란 중 군정에 있어서 어린애를 어른으로 둔갑시켜 세금을 부과한 것)가 두려워 모두 집안에 묵게 하지 않았다. 이때 두 아들은 서로가 우리가 불행히 남자로 태어났기 때문에 부모가 굶어 죽게 되었다고 한탄하면서 자궁하였다. (영조가 이 사실을 알고는 광양의 군액을 감해 주었다. 『영조실록』)

무어라 해야 할지, 무식하다고 해야 할지, 왜 그렇게 극단적이냐고 해야 할지, 효성이라도 단지하거나 허벅지살을 끊어낸 효성은 보았어도 불알을 끊어버린 효성을 뭐라 해야 할지. 성도 이름도 아무것도 모르는, 단지 남자로 태어나 욕된 세월. 네 형제의 이름과 항의와 그 노여움은 교과서를 아무리 뒤적여도 없다. 아무도 가르쳐 주지 않는다. 그러나 안다. 너의 이름이 누구의 이름이고 너의 거세가 누구의 행위인지를. 또한 너의 고통과 네 이웃의 절망과 네 시대의 불의를. 그리고 안다. 이제도 그치지 않고 붙여지는, 역사의 이름으로 사회의 이름으로 정의의 이름으로 붙여지는 많은 우리들의 죽음과 우리들의 거세와 우리들의 잘린 손가락들을 그것은 작은 가슴에서 가슴으로 전해지는 불꽃의 고통, 불꽃의 노여움 아무 곳에도 적히지 않는 우리들의 항의와 반란의 역사인 것을 그리고 우리들의 이름으로 다시 불태워야 할 새로운 역사와 새로운 민중의 이름인 것을 이제는 안다.

땅끝에서

이제 다시 어디로 가야 할까
이제 다시 무엇을 보아야 할까
발끝에 부드럽게 와 닿는 바다
그러나 쫓기듯이 선 땅의 한 끝에서
이제 다시는 무슨 노래를 불러야 할까
일제 때 토지 측량 사업의 기점이었다는 토말土末
콤파스 바늘이 처음 꽂힌 반도의 최남단
토말, 너의 자랑스러운 이름은 무엇인가
푸른 바다와 불타는 신록, 수려한 풍광은
눈부신 햇살, 솔밭 사이 붉은 황토는 누구의 이름인가
조카가 그리는 남한만 남은 지도 그 한 끝에 서서
그러나 지도에도 없는 너의 이름을 몇 백 번도 더 되뇌이며
이제 더는 갈 곳이 없는 것일까
여기가 다시 우리들의 끝인 것일까
궁복弓福이 돌아나가고 이순신이 돌아들었을 땅끝
청해진이나 울돌목 자랑스러운 이름들이 이제 다시는 누구의 것인가
그리하여 군산이나 목포 부산이나 원산
철도까지 대인 수탈의 땅 이름보다
더욱 가슴 아픈 너의 이름 땅끝, 땅끝
돌아보면 아득히 돌아가야 할 땅들
휴전선 너머 압록강 너머 북만주 너머 돌아가야 할

무수한 우리들의 땅과 땅의 이름.
바다는 발끝 부드럽게 와 닿고
그러나 쫓기듯이 선 땅의 한 끝에서
이제 다시 불러야 할 우리들의 땅과 땅의 이름을
묻는다, 가슴 깊이, 타는 모래밭 그 깊이

세석 가는 길

한창때는 인민군 야전병원이었다는
벽송사 지나 두지동 지나
칠선계곡 가파른 길을 기어올라
세석 가는 길
산만큼이나 가슴은 죄 비워지고
비로소 본다 그리움 하나
문득문득 터지는 햇살 속 요요하게
개철쭉 푸른 잎으로 타는 그리움

꽃은 다 지고 눈물처럼 다 지고
살아 생초목 불이 붙듯
죽어 하얗게 뼈가 타듯
온몸으로 타는 그리움 하나
마디마디 질기고 아픈 사랑
낮이면 산자락 콩밭 땀으로 섞고
밤이면 여기저기 피흘리는 가슴으로 기어올라
온 산 가득 일어서는 그리움 하나
개철쭉 푸른 잎으로 타는 그리움

나비가 난다 나비로 난다
이름도 없이 기억도 없이
피아골 한신계곡 골골 넘나들며

타는 가슴
타는 손, 발, 뼈마디
산비탈 여기저기 묻어두고
나비가 난다 나비로 난다
천 길 물 속, 만 길 땅속 깊은
그대의 피묻은 입술
사랑은 노여워
사랑은 노여워

대흥사 매미 소리

한여름 저물녘에 들른 대흥사는
온통 매미 소리로 가득하고
매미는 한 마리도 보이지 않는 채
온통 매미 소리로 가득하고
절도 울고, 빗자루도 울고
계곡도 울고, 붉은 소나무도 울고
온통 매미가 되어 울고
남양에서 가득 올라오는 구름도
두륜산에 걸려 엉거주춤 일어서는
한여름 저물녘에 들른 대흥사는
서산대사가 지금 다시 한창 승병을 불러모아
훈련하고 지휘하고 있는 중이었다.
1984년 한여름의 일이었다.
계곡에 들어앉아 닭죽을 먹던 사람들은
아직 몰랐는지 모른다.
그러나 비구름은 가득 몰려오고 있었다.

대자보

아무렴 그럼 나는 믿는다
눈보다도 깨끗한, 눈보다도 진실한
너희들의 마음, 너희들의 말을
또한 아무 곳에도 적을 수 없었던
하얀 노트, 정의로운 교과서
어디에도 적을 수 없었던
너희들의 마음, 너희들의 말을

1교시 수업을 하며 눈이 왔지
아무렴 눈은 어디에도 왔지
그러나 너희들 마음 위에만 하얗게 내린 눈
눈은 바로 너희들의 슬픔이었을까
누구도 가르쳐 주지 않은
교과서 어디에도 없는
그러면서 말없이 부대끼고
말없이 얼크러지고 말없이 일어선

그래, 쉬는 시간 하얗게 눈덮인 운동장에
게릴라처럼 몇 놈이서 순식간에 써놓고 사라진 대자보는
운동장만큼 크고 확실한 설상 대자보는
3층, 4층 높은 곳에서만 보였다
우리처럼 높이 갇힌 하늘에서만 보였다

너희들은 창가에 매달려 환호하고

아무렴 그럼 나는 믿는다
눈보다도 깨끗하고, 눈보다도 진실한
너희들의 마음, 너희들의 정의를
아무렴 그럼 언젠가는
더욱 크게 외치고 더욱 크게 마주치고 더욱 크게 뛰어넘을
너희들의 마음, 너희들의 정의를

저 들판 겨울나무로 가고 싶네

꽃피는 봄은 기약하지 않으리니
봄이 오는 날은 말없이 죽으리니
바람 불어가는 오늘은
저 들판 겨울나무로 가고 싶네
가난하게 넘어져간 내 사랑은 그만두고
온몸으로 겨울나무로 가고 싶네
혼자라도 좋고 다시 시작하는 길이라도 좋고
칼을 들어 먼저 안으로 태우리니
내 안의 또 그 안의 썩은 나무와 굽어간 가지들
썩은 창자와 고름 비굴함과 예종을 욕망과 허울과 온갖 굴레를
태우고 싶네
태우며 가고 싶네
칼바람도 태우고 얼어붙은 저 들판
불이 불을 먹고 산이 산을 먹고
온몸으로 타는 나무로 가고 싶네
용광로로 가고 숫돌로 가고
총을 먹는 나무로 가고
칼을 먹는 신음으로 가고
부정하고 반란하는 정신의 나무로 가고 싶네
꽃피는 봄은 기약하지 않으리니
봄이 오는 날은 말없이 죽으리니

단지 반란하며 들끓는 뿌리로 살고
뿌리로 몸을 잇는 겨울나무로 가고 싶네
베어져도 베어지지 않는
베어져도 다시 살아나는 노래가 되고
베어져도 다시 살아남는 사랑이 되고

아메리칸 사운드 1

기윤에게. 텔레비전이나 신문 방송에서 겨울 철새에 대해 떠들어 댈 때마다 나는 또한 그것이 이미 우리들의 것이 아님을 안다. 모든 것은 깨져버리고, 아버지의 하늘 밤하늘로 까맣게 떼지어 울며 날아오던 기러기나 철새들은 사라져버리고 우리에게 남겨진 것은 그림자처럼 스쳐 지나가는 환영 쫓겨가는 울음. 을숙도나 영산강 어디나 지금 철새들의 모습은 마지막 작별을 위한 부산함인지도 모른다. 또 하나의 마지막 아름다운 사랑을 나는 이미 내주어버렸다. 어쩌면 우리들의 운명처럼 쓸쓸한 작별 그러면서 너의 어린 시절 추억들도 아프게 지나가고 연전에 너의 어머니를 떠나보내고 지금은 너의 아버지 홀로 지키고 계신 낙동강 하구 모래섬 너의 겨울은 철새와 미군과 함께 시작되던 것을. 겨울이 되면 미군들은 너의 키보다도 큰 총을 메고 와 오리를 잡고 너희들은 갈대 밭에 숨어 기다렸다가 강 가운데로 떨어지는 오리를 건져 오곤 강바람에 젖은 몸을 떨며 손을 내밀던 그러면 던져지던 은빛 반짝이는 50환 동전이 우리의 겨울이었던 것을 그것으로 연필도 사고 공책도 사고 어쩌다 야비한 미군이 너희들을 무시하고 돈을 주지 않으면 너희들은 살금살금 숨어가 그들이 몰고 온 찦차의 바퀴 바람을 빼버리고 도망쳤던 것을 그들은 그들에게 건져다 주는 오리가 너희들의 목숨을 담보한, 얼음처럼 찬 강물의 급류나 수초의 엉킴에 목숨을 잃은 너희들의 분노였다는 것을 몰랐을까. 멀리 만주나 시베리아 더 너머 북에서 오는 철새들이 또한 고향같은 우리들의 가장 오랜 기억인 것을 그들은 몰랐던 것일까. 이제 아버지의 하늘 밤하늘로 까맣게 떼지어 울며 날아오던 철새들은 사라져버리고, 그러나 이제 안다. 우리는 죽음과도 같은 더욱 단호한 작별을 준비하지 않으면 안 되는 것을 죽음과도 같은 더욱 머나먼 작별을 준비하지 않으면 안 되는 것을 그리하여 어느 별처럼 맑은 겨울날 아침, 더욱 크고 아름다운 철새의 도래를 위하여

아메리칸 사운드 2

H박사에게. 모릅니다. '11시에' 만나서 이제는 세계적인 컴퓨터 회사의 회장이 되신 당신을 처음 보며 내가 왜 먼저 당신이 피난민일지도 모른다는 생각을 하였는지 대학엘 다니다 뒤늦게 건너간 미국. 단돈 50불을 가지고 건너가서 석사 박사 다 따고 이미 최첨단 컴퓨터 회사의 경영주까지 되신 당신을 보며 그러나 존경의 마음을 금할 수 없습니다. 8시간은 접시닦이, 8시간은 이웃 가게 청소, 부인은 오락실 동전말이로 고학을 하며 vision 하나로 오늘의 성공을 이룩한 당신에겐 너무 당연한 것인지도 모릅니다. 이제는 한국의 대통령 표창도 받고 그보다 미국에서도 내놓으란 사람들과 어깨를 겨루며 세계적인 이름을 얻고 있는 당신, 이제는 구로동 공장에서 생산되는 반제품을 미국에 수입 '두뇌'를 넣어 완성시켜 세계에 수출하는 당신, 이제는 노모와 형제 모두가 미국에 살고, 부인과 두 딸과 함께 미국의 성채같은 저택에서 사는 당신을 보면 존경과 함께 한없는 부러움이 입니다. 어린 시절 당신과 같은 입지를 꿈꾸지 않은 한국의 소년들은 없을 것입니다. 보이스 비 엠비셔스 당신의 유창한 한국어, 약간 혀를 굴리는 목소리와 와이프를 제 부인께서, 제 부인께서 하는(와이프라고 하면 가장 쉬운 것을 말입니다) 당신의 한국말로 듣는, 모국이니 고향이니 조국에의 기여니 하는 말들이 그렇게 매력적일 수가 없습니다. 나는 그런 뉘앙스의 말을 가장 좋아합니다. 그러고는 나는 정말 바로 맞추었습니다. 금순이의 흥남철수 때 당신도 미군 트

럭에 숨어 월남했다는 것을 미군 부대에서 청소를 해 주고 빵도 얻어먹고 부서진 미도파 앞에서 슈 샤인도 한 정말 고생한 사람이라는 것도 나는 정말 기가 막히게 바로 맞추었습니다. 그러나 고백합니다. 나는 늘 우리 모두가 피난민일지도 모른다는 생각을 가지고 있다는 것을. 나도 모릅니다. 이북에서 넘어온 사람들뿐이 아니라 우리 모두에게서 그냥 그렇게 느낍니다. 그러고는 늘 그냥 떠나고 싶고 어디론가 떠나야 한다는 생각을 갖고 있습니다. 당신이 강조하는 vision도 결국 내겐 내가 떠나가야 할 곳, 또 그냥 그렇게 미국이라는 말로 들리는 것입니다.

아메리칸 사운드 3

1985년 1월 21일 일기. 이태원 들렀다가 아는 GI를 만나 한 잔 마시고 밤늦게 돌아와 텔레비전을 켠 게 잘못이었다. 정말 잘못이었다. 가고 싶었다. 지금 당장 가고 싶었다. 그리고 나는 다시 그이를 정말 위대하게 보게 된 것이다. 멋진 카우보이 그이는 군인도 아닌 이류 영화배우에서 두 번씩이나 대통령이 된 것이다. 유명한 많은 사람들이 그이의 취임을 축하하는 전야 쑈우에 나온 것을 보고 더욱 그랬다. 찰톤 헤스톤, 도나 서머, 엘리자베스 테일러, 프랭크 시나트라, 딘 마틴, 브레이크 댄싱팀, 오페라 가수, 흑인 맹인 가수 등 어린 시절부터 낯익은 사람들. 어쩌면 나의 홈씨크인지 몰랐다. 그리고 그는 마지막 인사말에서 '내 조국 그대에게 바치리'라는 가사를 인용하면서 많은 박수를 받았다. 정말 위대했다. '모든 산봉우리에서 자유의 종이 울리게 하라'…… 이어서 케이비에스 뉴우스는 워싱턴의 폭설 소식과 그이의 야외 취임행사 취소 소식과 역대 대통령 취임식 광경을 보여 주었다. 윌슨, 루즈벨트, 투르만, 아이젠하워, 케네디, 참으로 멋있었다. 그리고 네바다주 비행기 추락 사고와 스탠포드 스타디움에서 열린 수퍼보울 소식과 막간의 화려한 축하 쑈우도 보여 주었다. 참으로 굉장했다. 이어서 케이비에스는 '미국의 선택'이라는 제목의 그이의 2기 출범 해설 프로를 보여 주었다. 그래서 더욱 자세히 그이에 대해 알 수 있었다. 가난한 세일즈맨의 자식으로 태어나 장학금으로 대학을 다니며 학생회장까지 지내고 사회에 나와서는 스포츠 아나운서를 거쳐 워너브러더즈 전속 배우로 밝고 성실한 젊은이 역을 많이 해냈다는 것 그러나 영화보다는 천부의 리더십으로 노조 활동에 적극 헌신하다가 영화협회 회장이 되어서는 공산 세력의 파업을 봉쇄하는 등 강력한 반공 의지를 보여 주었다는 것을 이어 캘리포니아 주지사를 거쳐 닉슨과도 싸워 보고, 포드와도 싸워 보고 드디어는 카터를 꺾고 정상에 올랐다는 사실 그러한 그이의 신화적인 입지전이 나를 몹시 감동시켰다. 이어서 지난 4년간 스타워즈니 레이거노믹스니 그레나다 작전이니 그이의 업적과 앞으로의 전망에 대해 여러 교수나 안보연구원들의 말이 있었다. 나는 특히 그이가 한국을 방문해서 전방 GP에서 망원경으로 북한을 바라다보는 광경이나 한국의 대통령과 포옹하는 장면 등이 인상적이었다. 해설가들은 동반자 관계니 상호 방위 조약이니 전력 증강이니 미·일·한 삼각 체제니 그이와 한국의 대통령과의 개인적인 친분이니 희망적인 내일을 떠들어댔지만 잘 모르기도 하고 별 관심 없었다. 또한 그이가 근본적으로 반공주의자이며 동북아의 고착화된 세력 균형을 강력히 희망한다는 말도 그냥 그럴듯하게만 들렸다. 그러고 나서 케이비에스는 취임식 실황을 라디오와 함께 위성으로 중계하였다. 한 시 삼십 분이었다. 나는 졸립지만 흥분되어 잘 수가 없었다. 화면이 안 좋아서 AFKN을 잠시 돌렸을 때 그들은 벌써 자고 있었다. 이런 중대한 일이 벌어지는데 자다니, 하여튼 취임식은 참으로 훌륭했다. 주기도문도 낭송하고 성부와 성자가 어떻고 흑인 목사, 백인 목사들이 와서 기도도 하고 그리고 그이는 대법원장이 외워 주는 대로 선서를 했다. 헌법을 보존 방어하고…… 낸시 여사는 참으로 아름다웠다. 아나운서 말로는 어제는 빨간색 옷이었는데 오늘은 파란 원피스라는 게 참으로 아름다웠다. 천사같이 우아한 미소며 품위있는 몸가짐이 참으로 아름답고 그이의 부인이 될 만하였다. 그리고 그이는 취임 연설을 했다. 나는 동시 번역 중계되는 말보다는 그의 오물오물한 입술의 움직임과 그의 얼굴에 정신이 팔렸다. 대통령이 되려면 저이만은 해야 된다고 생각했다. 그러면서 얼핏 들은 말 중에는 더 모어 스트롱 아메리카니 어떤 아메리카니 아메리카라는 말이 아주 아름답고 근사하게 들렸다. 그이의 나라였다. 나도 빨리 가고 싶었다. 내가 왜 이곳에서 이러고 있는지 몰랐다. 마지막 그는 신이여 우리를 보호하소서라며 연설을 끝냈다. 두 시 반쯤 되었을 것이다. 그리고 「성조기여 영원하라」는 애국가가 연주되었다. 그이도 오물오물 입으로 따라 불렀다. 모두가 따라 불렀다. 나는 불을 끄고 누워서도 잠들 수가 없었다. 따뜻한 이불 속에서 나는 지금 당장 그이의 나라로 떠나는 꿈을 꾸었다. 신이여 우리를 보우하소서.

이영진

나는 시간이 필요해
돌멩이가 날아가며
초혼招魂
중부전선
악몽은 멈추지 않고

나는 시간이 필요해

엄살이 아니다, 결코 비겁해서도 아니다
시가 몇 천만 원이 넘는 주택과
피아노다, 증권이다, 돈 잘 버는 아내를 둔 친구야
누구보다도 바쁘고 기운차고 혈기 넘치게
이판 저판을 넘나드는 친구야
유명해진 애국자야 나는 시간이 필요하다
주린 창자를 메울 시간이
이단 옆차기 국군의 날, 그 격파당하는
기왓장이 되기 위해서가 아니라
아아 후둘거리는 아랫도리와 등줄기를 타고
흘러내리는 식은땀, 생계란, 가난이란
이렇게도 깊은 원한이었던가 노예의 사슬이었던가
무엇 때문에 돈을 버는가
무엇 때문에 밥을 먹는가
식어터진 찬밥들의 꿈이여
이 더러운 환멸의 시간이여
죽어서 눈물조차 온전하게 남길 수 없는
가파른 거리에서
으스러지게 보듬고 함께 쓰러져 죽은 시간은
어디에 있는가 함께 재가 될 친구는

돌멩이가 날아가며

이상하다, 그 요란하던 선거도 끝났는데
돌멩이들이 날아가며 소리를 지른다
무수한 워키토키의 사내들
그 구둣발들이 밟고 지나가는 보도블록이
소리를 지른다, 출렁이는 현해탄
형체도 없이 흘러나오는 가라오케의
리듬을 향하여
꿈 많은 아메리카 그 미사일의 나라를 향하여
돌들이 날아간다
돌멩이는 어디서 날아드는가
신문과 방송의 위무방송도 끝난 이 거리에
복권이 되고 해금이 된 이 거리에 이상하게도
다시 눈물개스는 차오르고
돌멩이는, 날아가는 돌멩이는 소리를
멈추지 않는다
숨어서 숨어서 군대에 끌려가지 않으려는
안타까운 눈들이 더욱 늘어만 간다

초혼招魂

하고 싶은 말들이 너무 많아
침묵이 되는 땅에 다시 꽃눈이 튼다
눈먼 봄꽃이 미친 봄불이 인다
보고 싶은 얼굴들일까, 꽃이 피어오른다
하고 싶은 말들이 소리 소리치며 재가 되는 밤
죽어가며 가슴 속 뜨거운 불이 되는 밤
가슴 속에 남몰래 타오르는 넋들아
억울한 넋들아, 너희들의 처녀막을 팔아
정치를 사는 자들의 그림자가 사방에서
어른대는데, 명분을 찾아 남몰래 야합하고 있는데
몸 무거워 산천을 떠도는 넋들아
차라리 돌아오너라 찢어진 얼굴로 돌아와
이 기막힌 기만의 소리를 들어보아라
검은 창에 소리없이 찾아드는 뭇별들처럼
사철나무 가지 사이로 돌아오거라, 물길조차
멈춰버린 분수대 시계탑 곁으로
봄은 어차피 저 어두운 땅속으로부터 오는 것
성욕처럼 폭동처럼 목동 주민들처럼 건강하게 오는 것
맞아 죽어도 맞아 죽어도 다시 오는 것
남쪽 가지에도 북쪽 가지에도 마구 엉겨
불처럼 피어오르는 것
죽은 나무에 생피 돌듯 미친 봄꽃이 피듯

넋들이여 몸 무거워 잠들지 못하는 넋들이여
네 침묵보다 더 큰 가슴으로
맞아죽으면서 맞아죽으면서 재가 되면서
제 육신의 집을 찾아 이 거리로 돌아오거라

중부전선

눈 쌓인 보충대 막사를 지나
쪼그려 뛰어, 오리걸음 날선 위병소를 지나
전입신고 그 목 터지는 신고식을 지나
지급된 M-16을 닦아대고 있는 나는
어디에서도 전선을 찾을 수가 없었다
전선이 없는 나에겐
싸움도 물론 패배까지도 사라져 버렸다
전선을 잃은 강집병이여
나는 더 이상 아무 데도 돌아갈 곳이 없어져 버렸다
난 철모와 탄창과 대검과 M-16으로 무장되어
중부전선에 투입되면서
보초를 서기 시작하면서
어느덧 나를 상실하고 말았다
전선을 상실하고 나의 살아 있음마저 상실하고
죽음마저 상실하고
나는 설움마저 상실한 전선에서
나의 목을 향해 총구를 겨눌 수밖에 없었다

악몽은 멈추지 않고

육이오 때 포항 시가전, 원산 시가전에 참전했던
아버님은 요즘 들어 부쩍 꿈이 잦아지셨다
밤마다 피처럼 흥건하게 고인 잠 속에서
식은땀을 흘리며
무어라 벙어리처럼 안타깝게 입을 벙긋거린다
휴전이 된 이후 한 번도 제대로 소리가 되어 나와본 적이 없는
그 벙긋거림이 요즘 들어 부쩍 심해지셨다
만주에서 형제들이 아직 건강하게
살아 있다는 소식이 전해지고 난 뒤부터
이산가족들이 더러 만나 얼싸안기도 한다는
소식을 들은 뒤부터 아버님의 악몽은 더욱 심해지셨다
으스러지게 주먹을 감아쥐면서
제자리에 엎드려 눈을 감은 채
꿈인 듯 생시인 듯 이윽고 가위눌린 비명을 지르며
깨어나신다, 어느 쪽이 꿈인지 분명치 않는 밤을
아버님은 오늘도 뜬눈으로 지키고 있다

박몽구。

_연작 장시

십자가의 꿈(제2부)

26

그날 아침 우리는 계엄령이 내려 교문이 닫히더라도 낯선 사람들의 발길 아래 캠퍼스가 떨어지지 않도록 대학 앞에 모여 지키기로 약속했었다. 그들은 아무도 알아차리지 못하는 무방비의 한밤중에 계엄령을 내렸고, 깊이 잠든 몇 사람의 입을 막아 데려갔다. 아침 안개가 걷히자 거리는 이미 칼숲으로 뒤덮여 있었다. 아침을 뜨는 둥 마는 둥 약속한 시간에 교문 앞으로 나갔지만 낯익은 친구들은 보이지 않고 교문은 착검을 한 그린베레들의 무쇠 같은 손으로 막혀 있었다. 오랑캐를 막아야 하고 언제 터질지 모르는 지뢰밭으로부터 우리들의 행복을 지켜주는 데 고마운 마음을 아끼지 않았건만 볼꼴 사나운 눈빛과 갈고 닦은 칼끝으로 마치 사나운 짐승을 몰듯 우리들을 가로막는 형제들의 뜻은 무엇일까.

하늘은 이미 푸르른 색감이라곤 모두 거두어가 버렸다. 캄캄한 속을 박차고 들어서려는 우리들을 계급장도 없는 그들은 처음에는 위압적인 말로 제지하려 들다가 끝내 먹혀들지 않자 총구 끝에 머리카락을 족히 가르고도 남을 칼을 꽂고 달려들었다. 믿었던 도끼에 발등이 찍힌 우리들은 돌멩이를 집어던지기도 했지만 몇몇이 노을보다 짙은 것을 흘렸을 뿐이었다. 순하디 순한 가슴들에 불이 붙기 시작했다. 마침내 우리들의 힘만으로는 잃어버린 터전을 쉽사리 되찾을 수 없음을 안 우리들은 시내로 들어가 시민들의 힘을 빌리기로 마음먹었다. 법도 없이 검속되어 간 몇 사람, 적들의 심장을 겨누는 데에나 걸맞은 예리한 것 아래 갈라터지던 선연한 것, 그것은 우리 모두가 함께 갚아야 할 빚이기에.

27

우리들의 거리에 불길이 오르기도 전에 이미 진압의 일정은 짜여졌는지도 모른다. 만약 국방색만 걸치지 않았다면 다 같이 황해로 기울어져 가는 햇조각처럼 비틀거리는 우리들의 땅을 건지고자 함께 몸부림쳤을 형제들. 그 때묻지 않은 백지 위에 날마다 유격이 가해지고 까칠한 옷이 엉덩이에 찰싹 달라붙도록 방망이가 춤추었다고 한다. 너희들이 편한 잠 한숨 못 이루고 휴전선을 제대로 지키지 못하면서 이 고생을 하는 게 다 누구 때문인지 아느냐고, 그 원한의 실체가 보이지 않느냐고, 저 남쪽의 철딱서니없는 친구들만 숨소리도 없이 잠재우고 나면 너희들에게 일주일간씩 포상 휴가를 내리리라고…. 남쪽의 겁 없는 비적들 때문에 휴전선이 흔들린다고.

투입되기 며칠 전부터 제대로 먹지도 못하고 밤을 틈타 강행군만 거듭한 때문에 눈앞의 그 어떤 것도 남기지 않고 쓸어담고 싶었는지도 모른다.

금남로를 가득 메운 사람들이 기꺼이 자신을 버려서라도 억울한 형제 자식들의 죽음의 뜻과 빼앗긴 거리를 찾겠다고 나선 그날, 군대에 간 형제들은 가차없이 방망이를 안겼다. 사나운 짐승들을 우리로 몰듯 예리한 것을 휘두르면서도 구멍가게가 보이면 허겁지겁 달려들어와 빵을 달라 하고, 더벅머리 학생을 쫓아 여염집 안까지 곤봉을 꼬나든 채 들어왔다가도 부엌으로 가 반찬 없는 맨밥을 달게 먹었다. 그러다가 상관에게 들키면 다시 죽여라 하고 쫓아가고…. 언뜻 보기에는 자신들의 차가운 손놀림 아래 파리보다 쉽게 스러져가는 사람들이 자신들의 동포인지, 형제며 누이인지도 모르는 듯 덮치는 표정 없는 것 아래 흥건히 흐르는 코스모스 허리 같은 것을 우리는 읽을 수 있었다. 아아 산을 넘어 절벽을 넘어 총구를 넘어 맞닿은 뜨거운 것을 누가 이토록 잔인하게 끊어 놓았단 말인가.

28

이날은 그냥 온 것이 아니다
아무렇게나 뭇매를 잡던 날처럼 온 것이 아니다
멀리 보면 고구려적 만주를 누비며
오랑캐를 무찌르던 그 기백을 그리워함인 것
드넓은 땅에서 배불리 먹고
마음껏 자유를 구가하던 그 기쁜 날을 내내 기다리던
갈라진 마음들의 그 절절한 아픔인 것
이날은 한번도 제 할말을 못하고 살던
우리 조상들이 떡을 찾아 딛고 일어섰던
전봉준의 말 달리던 산천으로 이어지고
오랜 학정에 못 이겨
철부지 학생 김주열에서부터 기름때 가득 묻은
노동자들까지, 수염 허연 대학교수들까지 들고 일어섰던
4·19의 숨은 강이 다시 드러남
아 얼마나 많은 피들을 흘렸던 것인가
얼마나 많은 그리움이 쌓였건만
아직도 새벽은 가시밭길을 더듬는 것인가
그러나 마침내 칼을 쥔 자 칼로 쓰러지고
가진 자 배고픈 자들에게 기꺼이 나눠주어

배불리 먹고 덩실덩실 춤출 그날은 오고야 말 것
이날은 다시 한 번 우리들의 힘을 모아
깨끗한 하늘을 보고자 했던 몸부림
우리들은 다시 죄없는 목들을 떨어뜨려야 했지만
다시 한번 일어서서 마침내
굳어 있던 모든 사람들의 가슴을 연 날
다시 한 번 깨끗한 우리들의 그리움을 본 날

29

불길이 먼 거리에서 그치지 않고
담을 넘어 평온한 사람들을 덮치기 시작하자
짓밟힌 철쭉이건 널브러진 친구의 죽음이건
아랑곳하지 않고 모두들 달아나기에 바빴다
바퀴 달린 것이라곤 씨도 없어 팍팍한 길이었으나
달나라행 로케트보다도 더 빨리
불이라곤 반딧불도 없는 어두운 길이었으나
올빼미보다 더 지혜롭게 더듬어 갔다
칼이 깔리지 않은 거리로
화약 냄새 묻어 있지 않은 거리로 달아났다
이제 시내에는 총구에 덮인 국방색과
항복의 늘어뜨린 고개들만이 남아 있는 듯 보였다
그러나 어디엔가 숨어 있는 불씨들은 있어
아직 다 고개를 숙이지는 않았던가
어제까지만 해도 호령 소리 무등산을 산째로 옮길 듯하고

뽐내는 제스처 일류 탤런트를 압도하던 사람들이 사라진 자리에
깡통을 쥐던 무뢰한들이 서서
비정의 총알들을 막고 있었고
차마차마 책 속에 담긴 진실을 뿌리치지 못하던 젊은이 하나
상무관에 누운 억울한 죽음들을 헛되이 할 수 없어
맨발로 돌아와 지친 사람들을 일으키고 있었다
헛된 야욕은 거리를 다 유린했다가
욕된 승리를 축하하려 들다가
마침내 조그만 불씨 하나에 무너져
우리들은 거리를 다시 찾을 수 있었다
힘 없는 실밥처럼 보았던 사람들이
녹물처럼 형체를 버리고 허물어지던 사람들이
기꺼이 물 속에 기름 던진 불꽃으로 하여
고래 힘줄보다 탄탄하게 섰다 섰어
절벽보다 더 억세게 거짓 앞에 고개를 쳐들었다

30

1980년 5월 20일 이유 없이 친구의 이름을 부르며
떨리는 눈빛으로 시내에 나갔다가
오른팔이 잘려 돌아온
때묻지 않고 바른 것들 속에 파묻혀도 부족한
중학교 2학년 풋풋한 내 동생의 상흔은
부상자 명부의 흐린 볼펜 자국에도

구호금품 수수 대상자 명부에도 끼어 있지 않다
어느 칼끝이 자르고 달아났는지
차라리 입을 다물어서 내 동생은
삶의 끝까지 숨은 역사를 간직하자는 것일까
제대로 맞물리지 않은 뼈 때문에
공책에 글씨도 흘려 쓰지만
아직 눈빛이 초롱한 그가 움푹 패인 상처에
담고 있는 것은 흔들리지 않는 진실이다
펄렁거리는 가슴을 차지 않게 덮어주고
새푸른 꿈을 심어 주어야 할
철모 쓴 형들이 귀가하는 버스에 탄 그를 끌어내려
침 발라 쓴 위문편지도 아랑곳없이
그어내리던 배신을, 뿌리 없는 애국심을
내 동생은 한번도 욕해본 적이 없지만
따스한 체온을 나누던 급우들이
픽픽 이지러져 가는 것을 차마 앉아서는 볼 수 없어
안타까이 만지러 가는 그를
야만의 날들은 부끄러운 줄도 모른 채 찔러
검붉은 피 빌딩보다 높이 솟구치고
너덜거리는 팔목에 어른들의 야욕이 번질거리더라던 내 동생
끝없는 추적이 두려워 병원으로 가지도 못하고
곧장 집으로 돌아온 그를
어머니는 가슴이 뛰어 신고도 하지 않았다
보상금은커녕 죽지 않은 것만도 다행이라고
채 아물지 않은 상처가 갑갑하지 않도록
숨구멍이나 틔워 학교로 보냈지만

언제까지나 지워지지 않는 상처를 만지며 내 동생은
누가 역사를 잘못 썼으며
그가 할 일이 무엇인지를 생각할 것이다

31

우리가 모든 것을 잃어버렸을 때
올바로 가진 정신은 파리 눈썹만 하고
쇠붙이의 거짓에 기댄 정신은
하늘을 찌른 공룡의 고개 같았을 때
이제 우리를 지킬 수 있는 것은 아무것도 없는 듯
거짓의 폭력 앞에 무릎을 꿇는 수밖에
없는 것으로 보였을 때
홀연히 당신들은 왔다
언제나 시민들의 발이었던 당신들은
다시 한 번 시민들의 마음을 실어나르고자 왔다
유동쪽에서도 공용 터미날에서도
시민들의 발이 되려고 기다리던 당신들은
때로 발이 묶였고 아무 협의도 없이
차에서 끌어내려져 피투성이가 되었다
그리고 그날로 거리는 당신들이 실어나르지 않아도 좋을
군홧발들로 가득 메워져 버렸다
낮 동안 지하도에 층층이 쌓여 있던 붉은 것들도
밤새 쥐도 새도 모르게 사라져 버리는
증거 인멸 소동은 당신들에게 마침내 당신들에게

뛰는 가슴으로 무엇을 해야 하는가를 가르쳤다
발이 되어 주기를 기다리는 시민들이 사라진
모든 절망을 한꺼번에 뿌리치려는 듯
자동차마다 불같은 희망을 켜들고
가슴 없는 대리인들 앞으로 들이닥쳤다
한때 거대한 파도처럼 보이는 캐터필러의 위력도
여리디 여린 것들의 분노 앞에서는
한낱 파리 목숨임을 증거하려는 듯
당신들이 핸들 하나에 걸린 가족들의 생계며
아가리를 벌린 공포도 마다 않고
빗발치는 총탄 앞으로 삶의 무기를 던진 날
산산이 흩어졌던 사람들은 한마음으로 다시 모여
자욱한 화약 냄새에 묻힌 땅을 찾아 나섰다

32

때로 화염병을 던져 시위에 불을 붙였지만
저벅저벅 날카로운 발자국들은 물러가지 않았다
삼엄한 거리에 내보낸 자식 걱정으로
늘어진 가슴만 짓찧고 있을 줄 알았던 어머니들이
조준 없는, 살갗에 닿기만 하면 고춧가루가 되는
수입 사과탄 난무하는 거리에
자신들을 대신해 맞서 지키도록
김밥이며 음료수를 각 동별 반별로 나누어
리어카에 싣고 온 날

비 갠 뒤처럼 진압군들은 물러가야 했다
거리에 널브러진 부상자들이 결코 남 아닌
자신이라며 헌혈의 대열이 끝 보이지 않게
늘어선 날 총구의 끝이 환히 보였다

33

우리들의 보잘것없는 방비에 걸맞지 않게
코 앞 외곽에 참호도 하늘을 찌를 듯하게
중무장한 진압군들이 지켜 서 있고
분수대 앞 상무관에 이름 모르는 관이 연일 쌓이는
배반의 계절 한가운데 쏘다니던
코쟁이 특파원 지미
당신들 정의의 사람들을 돕기 위해 왔노라고
떠들던 그는 지금 어디 숨어 있는가
어느 혹성이라도 박살낼 것 같은 힘 앞에
흩어지는 우리들 곁에서
때로 눈물을 질금거리고
예민한 사냥개처럼 이곳저곳 비집고 다니며
목이 쉬도록 흩어지는 사람들을 모으던
우리들의 얼굴을 앵글 가득 담던 그는 어디로 갔는가
우리들의 응어리를 풀어 주겠다고 약속하며
연거푸 후레쉬를 터뜨리던 그는 어디로 갔는가
헛된 약속을 남발하고 간 뒤에 몇 해가 지났건만
우리들의 바른 모습은 하나도 밝혀지지 않고

낯선 타국에 푸짐한 눈요깃거리로나 떠도는 날들
그 어느 곳에도 숨을 데를 찾지 못하도록
우리들의 사진을 고가에 팔아넘기고 훌쩍 떠나버린
그의 혀는 아직도 뱀처럼 갈라졌는가
그의 배는 몇 배로 불어났는가
우리들의 실상을 기껏해야 미국의 안방에 갖다 놓고
실컷 즐긴 다음, 다시 우리들이 잠잠하기를 기대하는
그의 얼굴은 몇 개인가

34

시시각각 군대의 재진압설이 파다할 무렵
부산 앞바다에 미국 항공모함이 떠 있다는
소문이 꼬리를 물고 돌아다녔다
우리들의 코 큰 친구, 정의의 수호자들이 나타나
고립된 우리들을 로빈훗처럼 건져주리라는
기대들이 바퀴를 달고 내달렸다
그 소문에 제 목숨의 방패를 놓아버린 사람들도
덩실덩실 춤을 추는 사람들도 수두룩했다
그러나 꼬리만 흔들던 소문은 얼마 못 가 몸체를 드러냈다
헛된 욕심들도 마침내 거대한 진실 앞에
무릎을 꿇을 것으로 안심해 있던 새벽
우리들의 친구는 또 다른 친구에게 갑옷을 입혀
우리들을 무참하게도 깨뜨리고 말았다
우리 손으로, 아아 목숨이 타는 매듭진 손으로

우리들을 지키기를 포기하고
거대한 것이 베푸는 선심에 쉽사리 기댄 날
우리들은 값진 희생도 억울하게 와해되고 말았다
부산 앞바다를 어지럽히던 항모가
오츠크해쪽으로 소문도 없이 사라졌다

35

상원이형이 끝까지 도청을 사수하다가
도청 앞 분수대에서 까맣게 그을린 모습으로 발견되고
상집이가 초병을 서러 가 돌아오지 않던 새벽
마치 까마귀처럼 낮게 날며
하늘을 가득 채우던 선무방송을 잊을 수 없다
폭도들은 자수하라 속히 손을 들고 나오라
무기를 버리고 나오면 목숨만은 보장한다
한핏줄끼리 흐르는 따스한 것 대신에
차가운 전율이 온몸을 감싸던
그 새벽 우리 앞에 놓인 길을 분명하게 보았다
그들이 가리키는 폭도는 아무도 없어서
아무도 고개를 내밀지 않자
정찰 비행에도 지친 그들은
한 집 건너 서너 집씩을 포위하여 수색을 시작했다
팔깨나 굵은 청년들은 누구라도 가리지 않고
모두들 줄줄이 연행해 갔다
한핏줄들의 강을 이렇듯 모조리 분질러

어쩌자는 것인가
우리들 상록수들의 의지를 갈대처럼 꺾을 셈이었지만
개똥을 피하듯 서울로 가는 열차에 몸을 싣고
우리들은 더욱 뜻을 굳게 하고 있었다
뽑혀도 뽑혀도 더욱 깊게 자유의 뿌리를 내리리라고

36

억울한 죽음들이 즐비하게 누워 있는 위를
배고픈 솔개가 빙빙 돌던 날
한낱 풀포기의 목숨보다
우리들의 숨이 값없이 끊기우고
마침내 우리들이 죽음의 공포를 넘어
대리 집행의 포 앞으로 서슴없이 나아간 날
우리들이 짓물러진 두 눈으로 본 것은
차마차마 차가워진 친구의 곁 못 떠나던 소녀의
엷은 봄옷 위에 그어진
타는 노을빛 십자가 위에서 본 것은
진흙 범벅 비참이 아니었다
깊이를 모르고 치떠는 분노만이 아니었다
등불도 밝혀지지 않은 제삿집의
초라함이 아니었다
제 형제 부모들을 몰라본 채
낯선 사람들의 억센 손에 떠밀려
뜻 모른 채 몰아붙이던 꼭두각시들을 향한

단순한 앙갚음 때문이 아니었다
그때 주인도 없는 관 위에서
방패와 곤봉으로 떠밀다가 안되니까
가스차를 들이대었다가
마침내 중무장한 캐터필러들이
가차없이 몰고 가는 폭풍 앞에서도
쓸면 쓸수록 베어내면 베어낼수록
더 오똑 일어서는 사람들 속에서
우리들이 본 것은
죽음으로도 폭력으로도 와해공작으로도 꺾을 수 없는
끊이지 않는 물결들 앞에서 본 것은
언젠가는 마침내 우리가 승리하고 말리라는 믿음이었다

37

아랫목에 콩나물시루를 덮어 놓은 듯한 한여름, 보병 학교 영창에는 고드름이 열 자나 자라 있었다. 읽은 책을 쌓자면 무등산 끝에라도 닿을 만큼 애써 주워들은 공부는 진흙탕보다 더 가엾게 짓이겨지고 우리들은 오금에 퍼렇게 피멍이 들도록 무릎을 펴지 못했다. 너희들이 헛 부른 배로 자유니 민주회복이니 까발기는 사이에 손 한 번 씻지 않고 이익보는 것은 호시탐탐 우리의 번영을 넘보는 이북 놈들뿐이라고, 수염이 덥수룩한 교수님들 앞에서 새파란 일등병이 착검한 채 으름장을 놓았다. 여보게 젊은이 힘이라는 건 일방적인 강요가 아닌 서로 거짓 없는 마음을 합할 때 솟는 것이라네.

그렇다고 마음대로 안 된대서 총을 들어서야 어디 되나 새파란 보초가 소리쳤다.

누가 먼저 든 총인데, 그래도 굽히지 않고 늙은 군인의 노래를 부를라치면 연병장으로 데리고 나가 어깨가 부러지도록 봉체조를 시켰다. 대석이가 차갑게 식어가는 허벅지 살을 꼬집느라 꿈틀거리다가 들켜 철창에 원숭이처럼 붙어 있던 밤, 담요 한 장 갖고도 스무 사람이 덮던 남루보다도 조작된 내란죄가 한스러워 강요되던 자백을 거부하며 빵끼통에 쭈그려 앉아 몇 번이고 무딘 식기 모서리에 동맥을 짓이겼다.

사정을 보지 않는 칼로 바위는 가를 수 있을지언정 연약하지만 끝없이 이어진 우리들 마음의 고리를 어떻게 끊을 수 있을까. 우리들의 굽히지 않는 마음을 꺾지 못하고 칼은 얼마 못 가 무디어졌다.

38

법정에 선 동년이형은 무엇 때문에
자신이 죄인 취급을 받는지 모른다고 담담하게 말했다
억울하게 교정을 떠나
학원 강사를 하면서 근근이 살아온 것만도 억울한데
억울하게 쫓겨난 대학으로 돌아와
정의로운 학생들 편에 선 것뿐인데
누가 자신을 죄인으로 낙인 찍었는지
차라리 머리를 벽에 짓찧어서라도
거부하고 싶었던 동년이형

돌멩이 한번 쥐어보지 않은 사람에게
수괴의 누명은 씌워졌지만
나중에는 억울한 누명보다도
자신에게 하찮은 누명을 주고 죽어간
많은 영령들에게 부끄럽다고 몸 둘 바를 몰랐다
아무런 죄도 없이 사형을 선고받고
전국 교도소를 떠돌던 동년이형은
생계 대책도 없이 형수와 두 아이는 거리에 버려졌지만
아무도 돌보는 사람 없고
차가운 감방 속에서 겉늙어 가는 동안
그 죄 덕분에 거리는 낯선 사람들의 것이 되고
어느 누구도 또다시 동년이형이 되기는 싫어
낯선 사람들을 내쫓는 데 자신들을 다 바쳤다

39

지네들 억울한 죽음들끼리 도란도란 누워 있는 게
뭐가 못마땅하다고 뼈마저 흐트러 놓으려는 수작일까
이제는 세상도 좋아졌고
산 사람이라도 제대로 살아야 될 때이니
망월동에 묻힌 아들 양짓발로 이장하고
보상금이나 듬뿍 타 집을 늘리라고
지서장은 자전거 타이어가 다 닳도록 충동질이었다
길가에서 말쑥한 청년의 옷깃만 스쳐도 내 아이일까
보름달 같은 얼굴만 만나도 내 딸일까

앙가슴이 뛰는 어머니는 숫제 말대꾸를 하지 않았다
딴 마음을 먹은 잡배들의 발길이 빈번하고
습기 질퍽한 땅에 귀한 아들을 무작정 버려둘 작정이냐고
가르마가 번지르한 형사는 침을 튀겼지만
무덤만 파가면 큰아이의 취직도 보장해 주고
오막살이 신세도 면하게 해 준다지만
밑구멍이 찢어져도 몇 푼의 쇳가루로
아들이 품었던 고귀한 깃발을 내리지는 않겠다며
어머니는 돌아앉고 말았다
꼭두각시들은 감투를 앞세워 발길이 잦았지만
어머니는 아들이 친구들 곁을 떠나지 않고
불편하게 누워 있는 것이 굽힘 없는 뜻인 줄 안다
모두가 제 부끄러움에 떠드는 세상에
입 다문 아들이 옳은 말을 삼키고 있는 줄 안다

40

와우 아파트를 본 적이 있습니까
하루아침에 살 집을 잃은 철거민을 몰아넣어
시멘트며 철근 알맹이들은 쏙 빼고
빈 부스러기들만 멀쩡하게 세워 놓았다가
와르르와르르 무너지며 억울한 목숨들을 앗아가던
거짓 선심들을 본 적이 있습니까
빗물에 바래고 녹슬어 기억은 흘러내렸지만
정작 뜯어고쳐야 할 것들은 그대로 버젓하게 놔두고

사랑하는 사람들의 목소리도 듣지 않고
마구 달리기만 하던 죽음의 열차를 아십니까
현해탄에 잠든 억울한 혼들이 얼만데
구로동 공단이며 마산에 흘러든 폐수들은 얼만데
그들이 우리와 가까워졌다고
이제는 다시 손을 잡아야 된다고 떠들겠느냐
일본 최대의 경기장인 고라꾸엥에서
아시아는 하나를 외쳐대고
무너뜨려야 할 많은 것들을 그대로 놔둔 채
현해탄의 배 위에서 악수를 하다가 욕이나 먹는
저들은 누구인가 보이지 않는 손은 어디 숨어 있는가
웃기지 말라고 허허헛 웃기지 마
막아야 할 많은 것들을 팽개치고
마지막 남은 굴욕의 그림자마저 지운 채
열광 속으로 빠져드는 저들은 누구인가

41

더 이상 남의 탓으로 돌리지 말자
더 이상 남의 슬픈 이야기로 치지 말자
꼴깍 숨이 넘어가 죽은 듯 보이는 삐비꽃도
봄이면 저렇듯 피는데 죽었던 아지랑이도 피는데
죽은 사람들을 다시 죽이는 나팔을 불지 말자
상처를 더 깊게 하지 말자 산 사람을 매장하지 말자
미국은 우리의 자유를 수호하러 왔다지만

자신들의 목에 칼이 들어가지 않자
손발을 묶고 입을 다물고
일본은 우리에게 가짜 유행을 팔기에 골몰할지언정
고객인 우리들이 신음하고 있을 때
손 한번 내밀지 않더라
더 이상 울음을 위하여 울지 말자
힘없는 역사나 기록하기 위하여
기념식을 올리지는 말자
헛된 시를 쓰지는 말자
지금은 누구나 자기 자신의 가슴에 박힌 진실을
거울 삼아 밀고 나갈 때
더 이상 남의 탓으로 돌리지 말고
광주를 광주 속에 처박지 말고 밀고 나갈 때
비명이며 신음소리 헛소리 자탄 한탄 비탄 모두모두 뭉쳐
거짓의 얼굴을 벗길 때

42

우리는 그대가 준 꿈을 꾸지 않는다
팽창하는 부풀어서 종말에 가서는
우리들이 딛고 선 땅을 까맣게 잊어도 좋을
야구공을 높이 올리지만
더 높은 중계방송 볼륨에 눌려
똥값이 된 수박 앞에서 오열하는
농투사니들의 비명이 모기 소리보다 들리지 않고

마네킹처럼 속이 텅텅 빈 홈런상 빼고는
아무런 상 냄새도 맡을 수 없는
망가지기 쉬운 꿈을 꾸지 않는다
저밖에는 누구도 보이지 않는 꿈을 위해서
많은 사람들에게 예기치 않은 상처를 입히고
모든 소리들의 출구를 일시에 봉쇄하는
낯선 사람들의 망상의 길을
이제 무조건 따르지 않는다
비록 보석의 바다를 건너지는 못할지라도
가진 것 없이 따스한 손을 나누고
우리들의 꿈은 저에게 방해가 되는
모든 꿈의 날개들을 등 뒤에서 자르지 않는다
뒷자리에 눌러 앉아 칼을 갈지 않고
모두 나와 묵묵히 땅을 파리라
거두워 배부른 사람은 배고픈 사람에게
배고픈 사람은 마음이 배고픈 사람에게
나누리라 어느 무게도 나눌 수 없게

43

모든 것은 지난날의 오해였다고 몰아붙인다
이제는 잊을 때도 되지 않았느냐고 말한다
꺾여도꺾여도 희망의 횃불을 다시 치켜드는
우리들을 그 어떤 거짓으로도 잠재울 수 없다
마침내 우리들을 광주천 바닥에 눕힌 채

뜨거운 한핏줄도 흐르지 않은 채
입가에 사람의 미소도 잃어버린 채
개머리판으로 몰아세우던 그들은
자신의 훈장만 높이 치켜든 채
이제 모든 것을 말끔하게 잊고
친구가 되어 손을 맞잡자고 한다
그날이 있은 지 1년도 채 못되어
수유리의 끝에서 머리를 맞대고 잔을 기울이던 친구
자신이 누구를 쫓고 있는지도 모르면서
마구 최루탄을 쏘아댔었다고
비정의 발포 앞에 스러져가는
많은 젊음들을 보았지만
자신은 상관의 명령에 복종했을 뿐이라고
후회의 빛도 없이
무더기로 억울한 젊음들이 사라지던 산그늘을
환히 알고 있다던 그 친구
지금에야 털어놓을 수 있지만
밤마다 차곡차곡 쌓인 머리칼들을 오삽으로 걷어내고
언제 그랬느냐는 듯이 말끔히 물로 치웠다고 실토하던 친구
아아 우리들은 어느 누구의 몹쓸 손발이 되어
오늘도 시퍼런 쓸개를 떼어주는 것이냐

44

우리들의 슬픔을 몇 장의 팸플릿에 담아

아무도 막는 사람 없는 안전지대에 뿌렸다고
우리들의 귀와 눈에는 닿지도 않는
바다 건너에 소낙비처럼 뿌렸다고
우리들이 담을 허물어야 할 친구는 아니다
손을 맞잡아도 시원찮을 사람들끼리
한핏줄끼리 총알을 받아 삼키던 비정을
비디오로 만들어 서부극처럼 즐겼다고 해서
너희들의 선심이 다 통하는 것은 아니다
젖 먹던 힘까지를 다 모아
가시관을 쓰고 일어서던 안간힘에
마이크를 들이대고 잽싸게 카메라에 담아
거금으로 지하에 팔아넘긴 너희들이
세계로 열린 진정한 우리 입이었다고
까불지 말아라
함께 웃어야 할 꽃들이 화약을 쏟던
육이오 때에도 너희들은 형들의 죽음을 딛고
가루가 된 너희들의 공장에 불야성을 이루지 않았더냐
오늘도 비정의 손길로 너희들이 이 땅에 심는
국적 없는 공장에서 누이들이 유린당하고
우리들은 네 발밑으로 기어간다 으깨어진다
오늘 우리들을 친애의 끈으로 묶을 수 있는 것은
밀실에서의 서부극 감상이 아닌
함부로 뿌린 야심을 거두어 가는 손이다

45

모두들 잠든 새벽에도 다 깨어 듣는 밝은 귀는 꼭 있게 마련이라던가. KAL 007편이 사할린 앞바다에 수장된 날 누님은 한없이 울었다. 세계가 이렇게 치떨고 있음이 거짓이 아닐진대, 누님은 아무런 죄도 없는 사람들이 어이없는 죽음을 당한 데 격분하고 있던 것만은 아니었던 것이다.

KAL 007편이 미사일에 맞아 바다 깊숙이 처박힌 날, 그리고 며칠 뒤 세계 각국으로부터 모인 사람들과 더불어 원혼을 달래는 진혼제가 벌어진 날 누님은 울음을 뚝 그쳤다. 이 땅에 내리는 비가 억울한 사람들에게만 떨어지고 억울하게 떠도는 영혼이 어디 사할린 앞바다에 떠다니는 영혼뿐이던가. 누님은 모두들 제 피붙이나 잃은 것처럼 오열하는 사람들 속에서 망각된 채 광주 망월동에 누워 있는 형을 생각하고 있었던 것이다. 와까나이 해변에 떠오른 시체들을 보면서 시신도 찾을 수 없이 된 형을 만나고 있었던 것이다.

46

있어야 할 사람들 모두 사라지고
곳곳에 자란 유령들의 어깨 너머로
이제는 누구의 이름도 부를 수 없다
정작 쫓아야 할 사람들은 보이지 않고
상처 입은 별이 하나 몸 숨길 데 없어
더욱 상처가 깊어진다

그때 우리들이여 마지막 목마름까지 견디며
마지막 남은 옷 한 벌까지 벗어주며
상처 입은 거리에 서야 할 우리들이여
모두들 모여야 할 여기
거짓 앞에 철창 앞에 모래같이 흩어지고
어제의 동지도 오늘 잠시의 유혹에
병신춤을 추는 여기
우리들의 작은 행복이 얼마나 탐이 났으면
가시 같은 사람을 풀어 주고도 슬슬 뒤를 밟고
흉계 섞인 현해탄 물을 끌어들이고
태평양을 건너온 쇠붙이를 더 깊이 박는 것일까
있어야 할 사람들 모두 사라지고
머슴들이 안방을 차지해 버린 여기
우리들의 눈을 뜨게 하는 것은
우리들의 눈에 박히는, 점점 깊게 박히는
가시일 뿐이다

47

어두운 세상에 당신은 한줄기 빛이었지요. 우리가 누군가 마음껏 휘둘러대는 폭력 앞에서 사지를 다 잘린 앉은뱅이처럼 있을 때 당신은 밀알보다 작은 것이 어떻게 바위를 이길 수 있는가를 보여 주었었죠. 우리들의 숨어 있던 힘을 끌어내 자유를 찾게 해 주었었죠. 우리들 미약한 것들이 가진 무한한 힘들이 빙산처럼 감추어져 있을 뿐 얼마나 거대한가를 보여 주었었죠.

그런데 어느 날 우리는 다시 캐터필러 앞에서 문어처럼 주저앉았고, 당신은 모든 빛을 한몸에 받으면서 모종의 자유 속으로 돌아왔죠. 그러고는 이제까지는 너무도 괴로운 삶을 살아왔다고 털어놓으면서 이제는 조용히 살겠다고 말했죠. 핏속에도 꽃이 있고, 캐터필러 속에도 양심은 있다고 말했죠.

거리에는 당신이 쓴 책들이 즐비하지만 예전에 당신 글을 한 줄도 구해 보기 어려웠을 때보다 우리들의 마음을 찌르지는 못하고 있습니다. 모든 모순이 풀렸다고 당신은 생각하는 것 같지만 죄없는 죽음들에 관해서 한마디도 하지 않는 당신을 보면서 우리는 다시 빙산을 보고 있습니다. 예전에 당신이 당신을 초개같이 던져 우리들의 잠겨 있는 힘을 일깨워 자유를 얻게 해 주었지만 오늘은 다시 당신을 보면서 그럴듯한 마약들에 에워싸여 숨은 우리들의 빙산을 보지 못하는 어리석음을 읽고 있습니다. 더 이상 당신이 앵무새처럼 외친다 해도 우리는 아무도 믿지 않을 겁니다.

48

탑골공원 앞에서
더 이상 일본에게 비굴해지지 말자고
외치던 사람들이 연행되어 갔다고 한다
홍사단에서 광복절을 맞아 모여 있던
한 떼의 젊은이들이 무차별 진압으로 와해되면서
코피가 터졌다고 한다
아직 살갗이 보송보송한 여학생이

버스에서 유인물을 나누다가
질질 끌려갔다고 한다
연일 관상대에서는 문을 연 이래
가장 지독한 더위가 몰려왔다고 야단이지만
한 방울의 물이라도 더 얻어 쓰려고
안간힘을 쓰는 사람들 앞에
쏟아진 금메달이 녹아들며
타는 금빛 아래
망각의 강이 흘렀다

49

이제 아무도 너를 죽음이라 부르지 않는다
지금 산 사람들의 여리디여린 비애를 넘어
값없음을 넘어 그 무엇으로도 끌 수 없는
불에 닿은 친구여
우리들의 길을 막는 억센 발이 밟아도
밟아도 몇 조각의 빵을 넘어
다시 고개를 쳐드는 삐비꽃으로 핀 친구여
누려야 할 모든 것들을 일시에 빼앗기면서
거짓의 책도 던지고 정든 강의실도 쫓겨나
우리들의 어리석음에 칼날이던 친구여
네게서 마지막 남은 정신마저 씻어내고자
억지로 군화를 신긴 그 자리에서
우리들의 자유는 벌떼같이 일어선다

저지선 안으로 덮쳐 막아도막아도
메마른 가슴들에 들불을 놓는다
거짓의 학점도 팽개치고 몽둥이를 들고
네 부자유는 많은 꽃들로 피어나
억울한 죽음들이 즐비한 거리에
제아무리 무기의 그늘로 덮고 마약의
스포츠로 덮어도 진흙에 누워 있던
눈들이 깨어난다 숨은 외침이 날개를 단다
마침내 이름마저 빼앗기고
들꽃으로 무성하게 흩날리던 것들
모두 일어서 낡은 유산의 집을
엎고 말리라 수만수억으로 너는 돌아오리라

50

너는 남쪽 한가운데에 우뚝 서서 타고 있다
비록 보잘것없지만 이 땅의 많은 사람들에게
참으로 오래 잃었던 양심을 되찾게 해 준 곳
너는 안으로안으로 깊은 상처를 안은 채
다시 힘차게 일어나고 있다
광활한 나주평야의 쌀이며, 꿀맛같이 녹아나는 송정리 무
값싼 플라스틱에 물러나도 절개가 빛나는 단양 죽세공품
엉긴 가슴 푸는 데는 금천 복숭아
팍팍한 세상에는 굳은 절개 함평 고구마
우리나라에서 가장 많은 농산물이 집결되는 곳

그렇지만 만져볼 겨를도 없이 서울로 다 팔려나가고
빈손만 털털 터는 곳
조상 대대로 물린 논밭을 팔고 애지중지 황소를 팔아
대학 보낸 아들 객지에 주저앉고
매연과 공해 가혹한 잔업에 시달리는
많은 아들딸들을 서울의 공단으로 올려 보내고도
우리나라에서 가장 많은 실업자들이 우글거리는 곳
네게 가진 것 모두 내주고
남은 것은 아쉬움 아닌 임방울 노랫가락처럼 질긴 한이다
불같이 치솟는 새날에의 그리움이다
우리나라 어디에서나 앓는 아픔을 골고루 간직한 곳
아니 이 모든 아픔의 근원인 한국의 할렘
끝내 그리움을 포기하지 않는 한국의 팔레스타인
아아 너는 마침내 한 가닥 희망 뜨겁게 타는 약속의 땅

최두석。

_장시
임진강

1

나는 이 수난의 민족을 사랑합니다
내 운명은 그대로 우리 민족의 운명
우리 민족의 분할은 내 생명의 분할
나는 민족이 자유로울 수 있을 때 자유롭게 될 것이고
민족이 통일될 때 내 삶은 통일될 것입니다

어떤 혁명가가 이런 말을 할 수 있을까
어떤 역사가가 이런 말을 할 수 있을까
어떤 시인이 이런 말을 할 수 있을까
한 개인의 운명이 어떻게 민족의 운명이며
한 개인의 생애가 어떻게 민족의 역사일 수 있을까

유명한 혁명가나 역사가도 아닌
그러면서 그 삶이 혁명이며 역사인
시인이 아니면서 그 삶이 그대로 시일 수 있는
그리하여 진실인
나는 이 수난의 그의 삶을 사랑합니다.

2

껍데기를 보면 눈부시게 탈바꿈하고
조급하게 굴면 끄떡 않는 게
무엇인가

임진강이 내게 묻는다

알맹이는 모셔 두고
껍데기만 슬쩍 움직여도
없어지는 목숨은 얼마인가
나도 강물에게 묻는다

소련 탱크의 무한궤도 밑에서
피를 토하거나
혹은 수류탄을 까 넣으려 몸을 던지고
미국 비행기의 융단 폭격 아래서
갈가리 찢기거나
혹은 보병 소총으로 비행기를 겨냥해 봐도
그냥 한결같은 흐름인 듯 굼실대니

육이오를 겪으면서
민족사의 진보란 어떻게 이루어졌나
도대체 우리에게 진보란 무엇인가
역사의 강이여, 임진강이여
너의 한가운데를 굽이치는 물방울의 생애를 기록할 테니
응답하라

떡갈잎에 구르던 이슬
혹은 산토끼의 오줌과도 섞이며
남과 북을 오명가명 흐르다가
마침내 휴전선 한가운데를 꿰뚫고 흐르는 물방울 하나

김낙중의 생애를 기록할 테니
응답하라.

3

서울까지 구십 리 개성까지 팔십 리
파주군 탄현면 법흥리
그의 고향 뒷산을 오르면
송악산이 보이고 북한산이 보이고
가까이 임진강이 굽이쳐 한강과 부딪치는
모습이 보인다

그는 고향을 잃어버렸다고 말한다
소년시절 송화를 땄던 키 큰 소나무
밀림은 없어지고
곳곳에 파여진 참호에 총구가 번뜩이는
군사기지가 되고
기독교도들이 죽어 묻히는
수용인원 만여 명의 공동 묘지가 되었다

고향 산은 이미 해골로 빽빽하되
묘지는 날이 갈수록 확장되고
고향 산은 이미 각종 무기로 삼엄하되
나날이 화약냄새는 짙어만 가고
성황당 고개나 상엿집 골짜기에 나타나던

도깨비와 귀신은 모두 없어졌다

그의 유년 시절 선연한 진달래
너무 좋아 한아름 꺾어오니
“그렇게 꽃을 함부로 꺾으면
죄로 간다”고 하시던 어머니의 신앙과
그걸 두렵게 새겨듣던
어린아이도 이제 살지 않는다.

4

그의 아버지는
일 년 내내 농사를 지어도
양식 걱정을 면할 길 없는 소작농부
부쳐 먹을 땅도 시원찮아
그가 태어날 무렵까지
조미糙米 장사를 하였다

할머니와 어머니가 농사에 지친 몸으로
밤새워 멧통을 돌리고 절구질하여
벼 몇 말을 찧어 놓으면
아버지는 그것을 지게에 지고
먼동이 트기도 전에 출발하여
서울 무악재에 이르러 팔면
점심때, 국수 한 사발 사 먹고

다시 벼를 사서 밤중 늦게 도착하기를
되풀이하다 보면
남은 것은 겨와 싸레기
거기에 무와 산나물을 섞어 죽을 쑤어 먹었다

아, 빈곤의 상징인 제석 바가지
안방 시렁 구석에 놓인 큼직한 바가지에
신성한 제물로 모셔진 쌀은
식구들이 무서운 병에 걸려
귀신에게 치성드릴 때 사용했다

그러나 조미장사로 끼니를 잇는 것도
정미소가 곳곳에 들어서기 전의 일
그가 태어날 무렵에 할머니는
서울로 식모살이를 떠나야 했다
일본집 하녀로 들어가
식구들의 살림을 보태야 했다.

5

어린 그가 물오른 송기를 벗기며
찔레의 새순을 꺾어 먹고
싱아풀의 시큼한 맛을 즐기는 동안
아버지는 전당포로 돈 번 지주
서울사람 허생원의 눈에 들어

안채보다 사랑채가 훨씬 번듯한
마름의 집으로 이사했다

어린 그가 꾀꼬리집을 찾아내고
동네아이에게도 어미 꾀꼬리에게도 들키지 않게
아침 저녁 찾아가서 먼발치서 엿보며
사로잡아 기르기에 알맞게
자라기를 기다리는 동안
수많은 비행기가 하늘을 덮고 날았다
일제가 중일전쟁을 일으킨 것이었다

소학생인 그가 관솔을 따거나
가시에 찔리면서 한삼덩굴을 뜯고
여자만 남은 집들의 모내기나
벼베기의 근로동원에 나가는 동안
남편들은 구주와 북해도 탄광 조선인 막장에서
가스 폭발이나 낙반 혹은 발파 사고로
외마디 소리도 없이 죽어갔다

소학생인 그가 궁성을 향해 절하고
황국신민으로 충성을 맹세하며
배운 대로 집에서도 일어로 떠벌리는 동안
김구는 임시정부 백여 명 식구를 이끌고
양자강 만 리를 피난으로 떠돌고
박헌영은 광주 연와 공장에 숨어서
이글이글 불꽃 속에 벽돌을 굽고 있었다.

6

가을밤에 호롱 밝히고
개울에 싸리발 쳐서 잡은 참게가
그의 손을 빠져나가
임진강에 이르러 수영을 즐길 때
꿈을 꾸었다
갑자기 뻗쳐온 집게에 손가락을 잘린 꿈

놀라 깨어나니 비명소리 들리고
방안엔 동생들만 자고 있었다
두려움을 호기심으로 부축하며
비명소릴 따라가니 주재소에 이르고
아버지는 몽둥이로 얻어맞고 있었다
기념식 때면 교장 옆자리에 앉아
번쩍이는 환도를 차고 의젓해 하던
일본인 순사와 조선인 순사에게
동네 아버지들은 피투성이가 되어
참나무 몽둥이 아래 엎어져 있었다
소작료 바치고 공출로 빼앗긴 사람들이
숨긴 곳을 부는 대신 신음을 토해냈다

어머니들은 부들부들 떨며
담 밖에서 서성이는 시꺼먼 밤
그에게 온갖 두려움의 뿌리가 되는 추억
추억을 빨래해

햇볕에 널어 말리니
피로 얼룩진 하이얀 무명
바지저고리가 되었다
도저히 핏자국이 지워지지 않았다.

7

뛰는 고리는 개고리
나는 고리는 꾀꼬리
걸린 고리는 문고리
누이와 수수께끼를 주고받던 그는
왁자한 거리로 뛰쳐나갔다

면사무소와 주재소는 유리창이 깨어지고
어느새 몽둥이의 주인이 바뀌었다
면서기와 순사들은 도망가고
더러는 논고랑에 처박혔다
방동사니나 대패지심처럼
김맨 뒤의 잡초로 누워 있었다

아버지는 면사무소에서
내 세상이다, 내 세상이다 외치며
밤새도록 술을 부르고 춤을 추는데
식모살이로 일어에 능숙한 할머니는
마을 사람들 몰래

눈이 퉁퉁 부은 일본인 교장 부인에게
미숫가루를 만들어 주었다

하루아침에 일어난 가치체계의 돌연변이
소년은 아무리 궁리해도
해방의 의미를 알 수 없었다
그것은 사실 춤추는 아버지나
미숫가루를 만드는 할머니도 몰랐고
해방 곧 분할 점령의 의미는
독립운동가들도 도대체 잘 모르는 것이었다.

8

그가 죽음의 문제에 매달린 것은
중학교 이 학년 때였다
병명은 결핵성 폐문 임파선비대
해방 직후인 당시만 해도
결핵은 오직 죽음으로 가는 길목이었다

농업기사가 되라고 아버지가 입학시킨
경성공립농업학교를 휴학하고
미열로 나른한 몸을 이끌고
매일 고향 뒷동산
낯모르는 사람의 무덤 위에 누워
죽음이란 무엇인가

또한 그 때문에 삶이 무엇인가를 궁리하는
구도자가 되었다. 그러나

어머니와 할머니가 몰래
뒤곁 한구석에 모셔 놓고 빌지만
약주에 얼큰히 취한 아버지의 눈에 뜨이면
단번에 발길에 차여 요절나는
터줏대감밖에는
아무런 신도 목자도 없는
황무지에 던져진 그에게는
도무지 궁리가 풀리지 않아
아, 귀찮다, 생각하기도 싫다
밥 먹기도 싫다 살기도 싫다
그렇지만 죽음이 무엇인지 모르는 한
죽기조차 싫다고 소리치고는
어머니가 부르러 올 때까지
잠을 자곤 하였다.

9

무기 장사로 톡톡히 재미를 보는
어떤 부자 나라에서는 개도 묘지에 묻혀
제삿날이면 꽃다발도 받는다지만
한국의 똥개들은 개소주가 되어
별별 사람의 병을 고친다

개소주 외에는 먹은 것도 별로지만
그의 몸은 예상외로 가볍게 회복되어
학급을 증설하는 서울중학에 편입하였다

병은 나았지만
머릿속은 갖가지 의문으로 가득해
미술 숙제로 도안을 할 때
물음표로 꽃무늬를 그렸다
미술 선생에게는 무의미할 그 무늬로
그는 방안을 온통 도배하고 싶었다
평일이면 도서관에서 인생론 우주론
신학, 불교 경전 등을 섭렵하고
일요일이면 교회와 성당과 절을 순회하였다

그는 목사를 찾아가 물었다
하나님이 아담과 하와를 창조했고
선악과를 따먹은 그들의 원죄로 말미암아
우리 인간들이 죄인일 수밖에 없고
그러기에 예수의 십자가를 통하지 않고는
행복할 수 없는 게 진실이라면
여호와는 분명 잔인한 장난꾸러기 신이군요
신은 전지전능하다니
선악과를 따 먹으리라는 것도 알았을 테고
뱀의 유혹에 빠지지 않게 창조할 수도 있었을 텐데
여호와는 몇 발 앞도 못 보는
무지무능한 신이 아닌가요

더구나 자기가 만든 함정에 빠진
아담의 후예를 구하기 위해
자기의 독생자를 십자가에 못박히게 했으니
그는 가엾은 신이 아니라면
잔인한 신임에 틀림없을 겁니다
하기는 예수도 삼일 만에 부활 승천했다니
십자가의 죽음은 연극이군요

그는 또 진화론을 가르친 생물 선생에게 물었다
인간이란 아메바와 같은 하등동물이
수백만 년 진화해서 된 동물이라면
민족과 인류를 위한 혁명의 대열에서
희생과 봉사를 한다거나
그런 인물을 찬양한다는 것은
사는 것을 본능으로 하는 동물로서
미친짓이군요, 그게 아니라면
타인의 희생적 봉사를 조장해서
찬양의 말을 늘어놓는 교활한 놈의
덫에 걸린 바보이지 뭐예요

그것은 짓궂은 장난이 아니었고
끝없는 구도자의 진지한 질문이었다
그러던 어느 한여름 밤
별이 잠긴 우물가에서 목욕을 하다가
동서남북을 향해 경건히 발가벗은 채 절하며
자기는 오직 영원한 진리와 더불어

결혼하겠노라고 맹세하였다
그리고 이 사실을 일기로 적고
일기장에 왼손 새끼손가락의 무인을 찍으며
이 맹세를 어기는 날
손가락을 자르기로 작정하였다.

10

찬거리를 가지러 시골에 내려간 그는
일요일 새벽 부모님들의 이야기 소리에
잠이 깼다
아버지는 담뱃불을 붙이며
오늘 아침 대포 소린 제법 가까이 들리는데
하시고는 관심없다는 듯이
삽을 들고 물꼬를 보러 가셨다

보나마나
삼팔선 부근의 소충돌일 거라지만
공연히 대포 소리에 흥미가 생겨
산으로 올라가 송악산 줄기를 바라보았다
들뜬 마음으로 바라보던 그는
오정이 채 못 되어 솟아오르는 포연을 발견하고
신바람이 나기까지 했다

점심 후 쌀 감자 파가 가득 든

짐보따리를 걸머지고
금촌역까지 이십 리를 걸어나왔다
그러나 서울행 열차는 보이지 않고
북으로 밀려가는 군용열차와
남으로 밀려오는 피난민만이
줄 이을 뿐이었다

마침내 어두워지기 시작했을 때
서울로 갈 건지 시골로 갈 건지
난감한 심정이 되기도 했다
그러나 아침에 전쟁이 나면
점심은 평양서 저녁은 신의주에서 먹겠다던
국방장관의 호언을 은연중에 믿고서는
밤늦게 화물차를 얻어 타고 서울로 돌아왔다

다음 날 등교하니
급우들의 화제는 모두 활기에 넘쳤다
금년 중에 통일이 될 거라던
내무 장관의 예언이 적중했다고
감탄하는 학생도 있었고
여름방학 때는 금강산 구경을 가겠다고
좋아하는 학생도 있었다
학교문을 닫은 그 다음 날
피난민의 물결은 온 거리에 넘치고
밤이 되어 총탄이 윙윙 날으는데
돌연 천지를 뒤집는 폭음이 들렸다

한강 다리가 폭파되는 순간이었다
할머니와 동생들은 벌벌 떨며
몸 둘 곳을 몰라 했지만
그는 잠깐 깨어
어서 잠들이나 자라고 나무라며
또 잠들어 버렸다
그날로 서울이 점령될 줄은
꿈에도 모르는 하룻강아지였다.

11

식량으로 제약되는 서울을 떠나
칠월 초 고향에 돌아오니
완장을 두르고 총대를 메고
국군 패잔병이나 도망 못 간 경찰을 잡아
땅땅 취조를 하는 것은
중학교에 진학 못해 농사를 짓던
소학교 동창생들이었다

무상몰수 무상분배
토지개혁 사업이 진행됐으나
그의 집은 몰수당할 것도 분배받을 것도 없었다
면당, 면인민위원회 친구들이 분주히 찾아와서
면민주청년동맹 조직에 협조하기를 요청했지만
며칠 안 있으면 복교할 텐데 하는 말로

친구들의 요청을 거부하였다

벽보판에는 인민군이
전주, 광주, 김천 등을 모조리 해방했다고 보도됐으나
미군 비행기의 공습이 잦아지고
조국 해방 전쟁의 선봉 운운의
의용군 모집이 시작되었다
초기에는 지원자도 있었지만
모집 횟수가 늘어나자 강제성을 띠었다

그러나 그는 민청이나 의용군에 대해
별다른 반감이 없었던 것처럼
자진해서 민청에서 일한다거나
총들고 전선에 나갈 이유를 모르는 한
까닭없이 뛰어들고 싶지 않았다
그리하여 친구들에게 학교 일로 서울간다고 인사하고
몸을 피해 월롱산으로 들어갔다
산속 깊이 있는 친척집 방을 얻어
할머니는 밥을 지어 주시고
그는 숲속에 토굴을 파고 지냈다.

12

산에 숨어사는 사람들은
의용군 기피자거나 과거의 국군, 경찰이었다

피신자의 수가 늘어날수록
유엔군 사령부의 방송을 듣고 와서
정세 보고를 하는 자도 있고
내무서나 민청의 동태를 알려오는 자도 있었다
어떤 경로였는지는 알 수 없으나
무기와 탄약까지 입수되었다

구월 중순 인천 방면에서
요란스런 포성이 울려오기 시작하자
산 속의 청년들은 환성을 올리며
무기를 들고 나섰다
그러나 그는 내무서 습격에 반대했다
북에서 파견된 내무서원은 둘뿐이고
나머지는 모두 동창생인 까닭이었다
내무서 습격은 그를 어린애 취급한 채
다른 산사람들끼리 수행하고
피차 몇 사람의 사상자가 생겼다

인천 상륙 작전으로
인민군과 내무서원이 물러가니
산사람들은 치안대를 조직해
민청에 적극적이던 부락 청년들을 잡아들여
산기슭에 끌고 가서 총살하였다
그는 함께 산에 있었던 치안대원들에게
이웃끼리 죽일 필요야
있겠느냐고 말렸으나 치안대원들은

토굴 속에서 고생한 생각을 하면
이가 갈린다 하였다
평시 같으면 서로 상주이고 조문객일
한 동네 이웃끼리
흉흉한 피바람을 몰고 다녔다.

13

전선이 압록강까지 밀어붙여졌을 때
그는 개학을 기대하며
서울로 올라왔다, 그렇지만
학교에는 미군이 주둔한 채였고
거기에서 통역일을 하던 영어 선생님의 소개로
제62공병중대의 취사부가 되었다

그가 감자를 깎고 양파를 다듬을 때
라디오는 중공군 개입을 알렸다
후퇴하는 부대를 따라 대구에 와서는
구두를 닦거나 방을 치우는
하우스보이가 되었다

미국 음식을 먹고 미국 옷을 입고
치외법권이 인정되는 철조망 안은
일종의 안전한 도피처였다
부대의 울타리만 벗어나면

거리마다 검색이 있었고
청년들은 걸렸다 하면 여지없이
군대에 들어가야 됐었다

당시의 그에게는 자본주의와 공산주의를
가치평가하고 어느 한편에
가담할 능력이 없었다
그렇지만 어떤 이념도 종교도
집단살인을 범하면서까지
옹호할 가치는 없다고 생각되었다
더구나 동포 형제를 죽이기 위해
자기의 목숨을 걸 수는 없었다
그리하여 스스로 새장 안에 갇혔다
기름진 음식 고급 과일
그러나 운명의 열쇠는 남에게 내맡긴
그는 그곳을 풍성한 새장이라 불렀다.

14

서울과 부산 사이를 왕복하며
철도기관의 업무를 감독하는
스미스 대위와 매카프리 소령의 이동 화차간
객실은 양쪽 끝에 있고
중간은 식당겸 응접실, 거기에서
그가 하우스보이 겸 쿡 겸

통역 겸 연락병 겸사겸사의
두 미군 장교의 고용원이 된 것은
오십일 년 구월부터다

아무 객차나 화차의 뒤끝에
이 화차를 연결만 하면
잠을 자면서 식사하면서 남북으로 이동하였고
식사 준비 실내 정돈
한국인 철도국원과의 통역 외에는
남는 시간에 책을 읽었다
서울, 대전, 대구, 부산 등지에 머무를 때도
그는 별로 화차를 떠나는 일이 없었다

그런데 이 생활에서 그를 괴롭힌 것은
각 도시에 머무를 때마다
두 미군 장교가 끌어들이는
젊은 한국 여성들이었다
얇은 베니아판으로 삼등분된 양편에
스미스와 매카프리의 침실이 각각 있고
가운데 칸에 그의 침대가 있었는데
그 방은 외부와의 통로요 식당이었다
미군 장교들 침실에 드나드는 여성은
언제나 속옷만 입은 채 그의 방에 와서
음식을 먹고 마시곤 했다

젊은 여인들은 거리낌없이

육체를 노출시킨 채
넓은 엉덩이를 비비꼬며 흔들거려 보였다
미군 장교들이 공교롭게도 찻간에
없는 사이에 찾아오기도 하였다
대부분 중학이나 대학을 다니다가
가족을 잃고 혹은 헤어져서
객지를 떠도는
싱싱하게 젊고 포동포동한 아가씨들이었다

그들이 육욕의 환락에 취하여
몸부림칠 때마다
그는 그들의 숨소리를 들으며 그들의 몸짓이 가져오는
가벼운 진동을 감각해야 되었다
양쪽 옆방에서 진행되는 가쁜 숨소리
화찻간의 스프링은 민감하게
옆 침대의 리듬을 고스란히
그의 침대로 옮겨놓았다

당시의 그는 술담배도 하지 않고
여자라면 할머니 어머니 누이동생밖에 모르는
수도자였다
아침에 도리를 들으면
저녁에 죽어도 좋다는 말을 실감하는
목마르게 안타까운 구도자였다
그런데 그는 심산유곡이 아닌
흔들거리는 유곽의 침상에서

진리가 무엇인지를 물어야 했다
불덩이보다 뜨겁게 달아오른 생식기를 움켜쥐고
저 탄력 있는 여인의 몸뚱이를
안아서는 안될 이유를 물어야 했다

몇 리 밖에서는 인간이 인간을 죽이는
폭탄이 작열하고 있으며
언제 죽을지도 모르는 가냘픈 운명을 지닌 채
관능의 발동을 억제할 필요가 무엇인지
도무지 알 수 없었다
진리를 탐구하는 구도자에겐
이것이 바로 악마의 유혹이라는 목소리와
자연스런 욕구의 충족을 억제하는 것은
자연에 대한 반역이며 배반 행위라고 외치는
두 가지 목소리가 죽을 듯이 싸우는 가운데
아무런 판단도 내릴 수 없었다

그러나 그의 마음 속 깊이 도사린
뿌리 깊은 결심의 하나는
어떤 일이 있어도 살아야 하는
또는 죽어야 되는 이유와
그로 말미암아 행동해야 하는
가치 판단의 기준이 제시되지 않는 한
결코 자신을 바람부는 대로
물결치는 대로 내맡길 수 없다는 것이었다
그리하여 확실한 판단이 설 때까지

성행위를 참고 보류하기로 하였다
보류는 어디까지나 보류이지
거부나 부인이 아니었다.

15

인생은 무엇이고
무엇 때문에 무엇을 위하여
살아야 하나를 알기도 전에
그는 이미 하루하루를 살고 있었다
의용군으로 끌려가 까마귀밥이 되기 싫어
도토리나무숲 토굴 속에 숨었었고
또한 국방군으로 끌려가 개미밥이 되기 싫어
미군 부대 철조망 사이로 피해 다녔지만
그는 어떻든 전쟁의 소용돌이 가운데서
물풀처럼 떠다니고 있었다

그러다가 열병을 앓았다
그를 데리고 있던 미군 소령이
철도 수송 대대장으로 부임하였기에
그는 타고 다니던 화차와 함께
부산에 머물러 살던 어느날이었다
말라리아 모기가 연이틀 계속 물었던지
그의 몸은 주기도 없이 매일
의식이 혼미할 정도로 발열하였다

스미스와 매카프리는 장교 막사를 이용하였기에
물 한 모금 떠다주는 사람이 없었다
온갖 환상들이 그를 뒤덮은 채
도무지 놓아주지를 않았다

아무도 모른 채
그대로 병사해 버릴 수밖에 없다는 불안이
불현듯 그를 사로잡았을 때
지나간 일들이 온통 허무하였다
그리하여 생각하였다
결국 요 모양 요 꼴로 죽기 위해서
비겁하게 이리저리 도망쳐 다녔구나
전 세계 인류가 두 패로 갈려 싸우는 마당에
왜 좀더 떳떳하게 싸우다 죽지 못하고
혼자 무의미하게 병사해야 하는가
그렇다, 열흘만이라도 더 살 수 있다면
거리로 뛰쳐나가 평소의 소신대로
어떠한 이유로도 사람이 사람을 죽이는
전쟁이 합리화될 수 없다는 것을
목이 터지도록 외치고 싶었다
죽은 뒤의 영혼 따위는 문제도 되지 않았다

닷새 뒤에 그는 죽지 않고 살아나
다시 레이숀을 뜯으며 무심히
철둣가에 늘어선 아카시아를 보았다
그러고는 생각하였다

아카시아가 이 땅에 심겨진 사회와 역사를
일제 시대에 사방공사용으로 들여와
무차별 벌목으로 황폐한 산야를 눈가림한
아카시아의 내력을 생각하였다
그리고 자신이 사회적 역사적으로 형성된 존재임을
뼛속 깊이 아로새겼다.

16

전쟁이 나고 두 번째 겨울에는
바닷바람을 쏘이며 학교에 다녔다
매카프리와 스미스의 후원으로
부산 송도에 피난 중이던 서울고에 복교하여
네 달 남짓 다니고는 졸업장을 얻었다
대학 진학 문제가 나왔을 때는
맨 먼저 철학과를 생각해 보았으나
결국 사회학과를 택하였다
자기 자신 아무리 피해 다녔어도
결국 사회 속의 삶이었음을
절감한 때문이었다
비록 전시의 천막 교실이었지만
그는 굶주린 늑대처럼
종교, 철학, 역사, 정치
경제, 심리, 생물, 지질 등의
강의실마다 열심히 누비고 다녔다

그때 이승만은
단독 북진통일을 요란히 외치고 있었으며
거리에는 매일같이
휴전 반대의 데모대원이 동원되었다
돈도 배경도 없는 집 자제들은
모조리 전선으로 끌려가 전쟁의 제물이 되는데
무사히 안전지대인 대학에 끼어든 학생들은
호국단 규율반이 강요하는 대로
시위행렬에 참가하여 휴전을 반대하였다

당시 전선에서는 놀부 부처가
맹렬히 톱질을 하고 있었다
한국전 휴전을 공약으로
아이젠하워가 대통령에 당선되는 마당에
단독으로 밀고 올라갈 능력도
밀고 내려올 능력도 없으면서
서로 유리한 고지를 차지한 채
휴전에 도달하려고
무수한 인명을 살상하고 있었다

그가 맡은 일은 철도 공작창의
야간 통역이었기에
후송차에 가득 실려오는 중상자들을 매일
눈 쓰리게 보아야 할 처지였다
그리고 학교에 나와서는
학도호국단 규율반의 눈을 피해

대덕산에 올라서
데모로 왁자한 시내를 내려다보았다
그가 보는 하늘과 땅은 너무도 아름다웠다
그렇지만 그 속에 사는 인간들은
미친 것이 아니라면 너무도 추악하였다.

17

교수들은 열성으로 강의했고
그도 세 학기 동안 열심히 들었으나
누가 무슨 말을 하고
누구의 학설은 어떻고 하는
맥빠진 지식 장사로밖에 보이지 않았다
민족의 현실에 대한 능동적인 사색은
찾아볼 수 없었다

그리하여 학우들과
공동 연구를 위한 써클을 조직하였다
민족 통일의 문제는
가장 중요한 토론의 주제였다
사회과학도가 추구해야 될
사회의 발전과 번영
침체와 파멸 등의 모든 문제가
이 땅에서는 통일의 문제로서
제기되지 않을 수 없었다

육이오의 의미에 대해서도
토론하였다
육이오는 미소가 한반도를
분할 점령하면서부터 준비되고 있었다
그들에게 중요한 것은
자기 세력권을 어떻게 유지 확대하느냐였을 뿐
한국 민족의 자주독립이 아니었다
독일과 오스트리아는 분할 점령을
민족적 비극으로 시인하고
한쪽 분할 점령자의 힘에 의지하여
통일을 달성하려는 자가 없었다
그러나 한국의 극우 극좌 정치세력은
분할 점령자를 해방자로 생각하고
어느 한쪽 해방자의 힘에 의존하여
통일을 이룩하려고 생각하였다
남·북은 서둘러 미·소의 군사 경제적 지원을
받아내기에 여념이 없었으며
남·북 모두 무력만이
유일한 통일의 길이라고 외치고 있었으니
그 필연적 결과가 육이오였다

또한 자본주의와 공산주의에 대해서도
토론하였다
그러나 무엇보다도 불행한 것은
자본주의 체제의 모순은 몸소 체험하면서도
이를 부인하는 공산주의에 대해

아무것도 알지 못하게 부단히
눈을 가린다는 사실이었다
맑스, 레닌이 그르다는 말은 들었어도
그들이 뭘 말했는지는 알 길이 없었다
그렇지만 국민을 위한다는 주의가
소련 탱크와 미국 비행기를 끌어들여
온통 피바다와 잿더미를 만들었으니
무슨 할말이 있는 것인지 납득할 수 없었다

거리에는 여전히
북진통일을 외치는 시위가 계속되고
신문들은 하나같이
휴전 반대의 논설로 열을 올렸지만
전진하는 세계사는 자본주의와 공산주의
어느 한편에 승리의 깃발을 주지 않고
사 년 만에 휴전이 되었다
대학은 여름방학에 들어가고
새 학기는 서울에서 개강될 것이 공고되었다

그는 이 무렵 써클 구성원들의
주어진 문제에 대한 진지한 대결 의식이
완화되는 것을 느끼고 무척 외로웠다
역사의 필연으로 사회주의의 승리를
막연히 믿는 친구도 있었고
말세적인 현실은 하나님의
최후 심판으로 결정된다고 보는 친구도 있었으며

민족의 현실을 단순히
약육강식의 희생물로 보고
비관해 버리는 친구도 있었다
그리하여 각자 자기의 생활 방도를
구축해 가고 있었다

당시의 그는 보다 오랜 세월을 두고
연구와 탐구의 생활을 보장할 수 있는
교수가 되기 위한 공부와
오직 탐구를 위한 돌격적인 공부와의
두 갈래 길에서 망설이고 있었다
현실을 도피하지 않고
민족이 당면한 문제를 해결하기 위해서는
직업을 위한 공부와 탐구를 위한 공부가
일치하지 않는 것으로 보인 때문이었다
그러나 그에게 있어 망설임은
확고한 선택의 과정일 뿐이었다.

18

영원한 진리와 더불어 결혼하겠다던
중학교 때의 맹세를 깨고
영원한 열반에의 길과
땀과 눈물로 엮어지는 삶의 길 사이를
명확히 분별하여

삶의 길을 선택하게 되는 것은
써클의 홍일점이었던 이양의 환상이
그의 머리를 꽉 채울 때였다

그들의 연애는 여름방학으로
써클 활동이 끝나면서부터
여린 꽃가지를 뻗어 올렸다
다른 친구들은 상경하여 없고
부산이 집인 그녀와는
해운대와 송도 등의 모래밭에
무수한 발자국을 남기게 되었다
파도는 밀려와 그들의 가슴에
하이얀 물거품을 남기고 물러가서는
부글거리는 물거품이 미처 스러지기도 전에
다시 밀려와 부딪혔다

가을학기 동안
그는 학비 때문에 휴학한 채
부산 철도 공작창에 그대로 머물렀고
이양은 서울에 사는 언니집에서
학교에 다녔다
그때 중풍으로 몸져 누운
그녀 아버지의 최후 소망이
막내딸의 조속한 결혼이었다
그리하여 그에게 무척 떨리는
구원의 신호를 보내왔다

그는 편지에 썼다
자기가 껴안고 깨뜨려야 할
숙명이 무엇인가에 대하여
이 민족이 남북으로 두 동강이 나서
이대로는 결국 죽을 수밖에 없는 것이
자기의 삶이 두쪽으로 나뉘어
죽어가는 것과 같으며
통일을 향한 자기의 삶을 위하여
눈물어린 사랑을 베풀어 달라고 부탁했다
창조의 길은 땀과 눈물로 엮어지는 것이고
영원의 길은 평정의 열반인데
이제 그는 땀나는 창조의 길을 선택해
바야흐로 떠나야 할 시점에 있으며
땀흘리느라 뜨거워진 몸을 식혀 줄
눈물을 지닌 여인이 꼭 필요하니
삶의 반려가 되어 줄 것을 부탁했다

결혼에 관한 한
이 얼마나 뜬구름 잡는 소리인가
이 세상 그 어떤 여자가
사랑에 이런 거창한 조건을 붙이는 남자에게
선뜻 의지할 마음이 내키겠는가
이양은 돌연 언니가 중매한
모 공대 출신과 결혼하여 그 집 정원에
연애의 꽃가지를 옮겨 심어 버렸다.

19

우리가 어떤 상황에 부딪혔을 때
불가피하게 그 상황에 대한 판단과
그에 따르는 행동이 필요하게 된다
그러나 판단의 기회는 한정되어 있어서
우리가 산다는 것은 언제나
기한부의 전투 명령과도 같은 것이다
우리는 다가올 미래에
어떻게 살 거라고 말할 수 있는 게 아니고
닥치고 있는 이 순간에 과연
어떻게 살 것인가를 묻고 있는 것이다

그는 생각하였다
포동포동한 여인의 체취를 맡고 그녀의
쌔근대는 숨길 앞에 앉히워진 인간이
언제까지나 참고
자기가 취해야 할 성행위의 의미를
물을 수는 없는 것이라고
다시 돌이켜 살 수 없는 게
인생이고, 유예할
바늘 끝만 한 여유도 없는 지금 곧
이 자리에서 행동해야 한다고
결단하였다

그리하여 그는 평화 통일을 위한

첫 번째 행동에 돌입했다
삭발을 한 채
수난받는 겨레의 하얀 두루마기를 입고
탐루探淚라고 쓴 등불을 켜들고
광복동 거리에 나가 외쳤다
"눈물을 가진 사람은 없는가
피묻은 잿더미가 성에 안차
아직도 무력 북진을 외치는 권력자에게
항거할 사람은 없는가
눈물을 가진 사람은 없는가
이 겨레의 평화 통일을 위하여
열강의 분할 정책을 반대하며
진정으로 눈물 흘리는 사람은 없는가"

그는 다방과 땐스홀에도 들어가서
대낮에 등불을 높이 들었다
다방과 빠아의 마담들은
동냥 나온 중으로 알고 동전을 던져주며
나가 달라고 했다
돈을 거절하니
몇 푼 더 얹어주며 쫓아냈다
그 다음 날은 거리에서
드디어 체포되었다
북에서만 평화 통일을 주장하던 당시로는
사상이 대단히 의심스러운 경우였다

취조하던 북부산서의 경찰관들이
처음엔 마구 땅땅거리며
따귀를 때리고 야단이더니
“나는 당신들의 국가적 명령에 반대한다
그것이 어떤 명목으로 치장되었건
동포가 동포를 죽인다는 것은
삶의 길이 아니기에 나는 죽음으로써
당신들의 명령에 반대한다”고
굽히지 않고 대드니
나중에는 어처구니가 없어져서
“정부가 단독 북진을 외친다고 해서
정말 전쟁이 터지는 것도 아니니
과히 걱정 말라”며
훈방하였다.

20

수도가 서울로 완전히 복귀한
봄학기부터 그는 상경하여
삭발을 하고 한복을 입은 채
정상적으로 학교에 나갔다
써클을 같이하던 친한 친구들 외에는
그를 중이 된 것으로 혹은
막연히 미친놈으로 여겼다
그를 아끼던 교수의 질문에 대해서는

온 가족이 전쟁통에 죽어서
상복 대신 입었다고
답변해 두었다

그는 이제 강의실에 들어가기보다
도서관에서 책을 읽는 시간이
훨씬 많아졌다
교수들의 강의가
절박한 현실에는 눈을 감고
글자 풀이와 관념의 유희로
시간을 메꾸고 있는 것으로 보일 때
참을 수 없는 심정으로 강의실을 빠져나와
현실 타개의 출구를 찾기 위한
돌격적인 공부에 몰두하였다

어느 날 도서관 앞에서
기독교도인 써클 친구 신군을 만나
토론하였다
"우리 민족의 통일이 지상과제인 줄은 알아
이 땅에서 다시 전쟁이 일어나서는
안 된다는 것도 알아
그렇지만 우리가 그것을 어떻게 한단 말인가"
"비록 우리 개개인의 힘이
거대한 역사의 수레바퀴에 얼마만큼
힘을 줄 수 있느냐는 의문이라 하더라도
역사는 어디까지나 사람의 역사이며

그렇기 때문에 또한
사람의 힘에 의해 움직여진다는 것은
부인할 수 없지 않은가”
“아무래도 나에게는 마치
가파른 산벼랑에서 지축을 울리며
굴러 떨어지는 바위를 향해서
그것을 멈추게 하겠다고 뛰어드는 사람처럼
위험해 보이는군”
“그래, 핵전쟁이 나고
민족의 존망이 위태롭게 된다 하더라도
개인의 힘으로는 어쩔 도리가 없으니
무력 북진을 반대하는 것은 무모하단 말이지”
“그야 굴러오는 바위덩이가
우리 모두를 멸망하게 하더라도
우리 힘으로 어쩔 수 없는 일이라면
하나님의 뜻이라고 생각하는 수밖에”
“이승만의 개인적인 망령이
새로운 전쟁을 가져온다면
그 책임은 그 개인에게만 있는 것일까
민족의 존망이 개인의 의사로
좌우되는 것도 아니지만
그를 대통령으로 앉혀 놓은 국민들은 뭔가”
“그렇다고 지금 평화 통일을 추진하기 위해
세력을 규합하고 조직을 만든다면
당장 잡혀가서 손발이 묶인 채
아무것도 못할 게 아닌가”

"그야 물론 그렇겠지 그러나
우리가 할 수 있는 최선의 일을
해야만 되지 않을까"

신군은 그에게
현실에 대한 결사적 반항을 의미하는
한복을 벗기를 권했으나
그의 완강한 고집으로 실패하고
쓸쓸히 헤어졌다.

21

펄럭이는 푸른 깃발을 위해서
또는 붉은 깃발을 위해서
갖은 열성을 다해 싸우는 순교자들을
얼마나 많이 보았던가
온갖 욕망으로 들끓는 유황불에
속절없이 뛰어드는 불나비를
우리는 얼마나 많이 보았던가
무모한 패싸움 그렇지만 이것은
젊은이들에겐 강요 사항이었다
어느 깃발의 지배 아래 놓이든
청년들은 언제라도 살인을 하도록
훈련되어야 했다
자기는 옳고 남은 무조건 그르다는

독선이 무성할 뿐
죽여야 할 형제의 말은
들어볼 기회조차 없었다

그는 스스로에게 물었다
"우리는 불가피하게 좌 아니면 우
어느 한쪽을 선택하고
다른 쪽은 파괴해야만 하는가
한쪽을 파괴하는 것이
전체의 파멸을 의미할지 모르는데
양자택일만이 길인가"
그리고 대답하였다
"아니다, 그렇지 않다
어느 한편도 절대적일 수 없다
믿음에 의한 맹목적 추종이 아니라
상호 이해에 의한 협동이
요청될 따름이다
푸른 빛과 붉은 빛이 섞여서
새로운 빛깔이 창조되어야 한다"

그리하여 그는
남북한 위정자들을 향한
장문의 호소문을 작성하였다
이 땅에 다시는
전쟁이 되풀이되어서는 안 되고
이대로 분할된 채로는 살 수 없으니

살 길은 오직 평화 통일이라고
호소하였다
남·북을 지배하는 어버이들에 의해
보람없는 죽음과 청춘의 낭비는 물론이고
형제들에게 총칼을 들이대도록
강요당하면서 살아왔는데
이제는 더 참을 수 없으니
해방되어야 하겠고
평화 통일을 위한 바탕으로
남·북의 젊은이들이 서로를 이해할 수 있도록
공동의 광장이 마련되어야 한다고
역설하였다
이것은 일종의 가슴 아픈 비명이었다
듣는 이야 있건 없건 구원이야 오건 말건
참을 수 없어서 터져 나오는
외마디 소리였다
그는 두 통의 호소문을 작성하여
이것을 남·북에 동시에 전달하기 위해
판문점에서 결사적으로 노숙할 작정이었다
휴전 다음 해 구월 말 어느 날
배낭을 메고 서울역을 출발하였다
휴전선 지대를 무작정 통과해서
판문점까지 갈 수는 없다고 생각했으므로
금촌에 주둔하고 있던
해병대 사단 사령관을 찾아갔다
그도 한국인이니 귀가

뚫렸으려니 생각한 때문이었다
사령관이 마침 외출 중이어서
전속부관 한 사람과 이야기하게 되었다
그는 거리낌 없이
찾아온 목적에 대해서 이야기했다

그 뒤 한 시간쯤 지나서
그는 사복형사에게 인도되어
찝차를 탔다
삭발을 하고 한복을 입은 채
경찰서 사찰계에서 심문을 받을 때
그는 주저없이
호소문의 정당성을 역설하였다
경기도 경찰국을 거쳐
치안국 특정과로 이송되었는데
육이오 때의 경력을 위시한 뒷조사가
며칠 동안 엄밀히 진행된 다음
특정과장 오씨 앞에 불려 세워졌다
"이놈아 어린놈이 뭘 안다고 까불어
공산당이 우리하고 똑같은 사람인 줄 알아
얼마나 무자비한 폭력주의자들인데
그놈들이 지금 휴전을 시켜 놓고
눈이 시뻘게 가지고
전쟁 준비에 날뛰고 있는 판에
무슨 놈의 평화 통일이야
네 통일 방안이나 네 생각이

나쁘다는 것은 아니야
그렇지만 그것은 공산주의의 '공'자도 모르는
철부지 소리야
송청해서 형무소로 보낼 수도 있지만
학생이기에 특별히 봐주는 거야"
이러한 훈시를 듣고 석방되었다.

22

그 뒤 그는 학교에다
자퇴원서를 냈다
호소문 때문에 취조를 받을 때마다
"마 학생놈이 공부나 하지
무슨 놈의 통일이야" 하고 호통치는 바람에
학생이란 신분이 퍽 거추장스럽게 느껴졌고
사회학도로서 공부하는 목적이
주어진 현실 문제를 해결하는 것일진대
당시의 학원 내에서는
그 해결 방도를 구할 수 없다는
결론 때문이기도 하였다

그는 이제 평화 통일이
공상이 아니라는 사실을 증명하기 위해
구체적인 방안 마련에 몰두하였다
연구를 하면 할수록

또 다른 육이오와 핵전쟁으로
민족의 파멸을 원하지 않는 이상
평화 통일밖에는 방법이 없다는 것을
더욱 굳게 확신하게 되었다
그는 다음 해 이월까지
통일독립청년공동체 수립안을 작성했는데
전문 삼십 개조와 부록
청년 총선거법안 및 공동체 운영원 조직법안 등의
방대한 문헌이었다

그 기초가 되는 현실 인식은
통일이 되면 권력이 하나밖에 없는데
물과 불의 관계에 있는
남·북의 두 권력이
양보 타협으로 자기의 권력을
상대방에게 내주지 않는다는
정치적 생리였다
평화 통일을 위한
제네바 회의가 결렬된 것은
남에서는 유엔 감시 아래
북에서는 중립국 감시 아래
총선거를 주장한 것이 원인이라기보다
실은 양보할 수 없는
정치 권력의 생리 때문이었다

그 내용은

남북을 지배하는 두 정권 당국이
상호 승인 비동맹 불가침으로 존속하되
청년들에 대한 통치권을 포기하고
독립한 청년 공동체를 수립하여
청년과 미성년자들의 국적은 공동체에 속하며
남·북의 정권 당국은 협정에 의해
통치권을 하나하나
공동체에 이양한다는 것이었다, 또한
생산수단은 공동상속제를 통하여
소유자의 죽음과 함께 공동체에 귀속되고
이것을 공동으로 관리하거나 분배하여
그것을 바탕으로 자유 경쟁, 그리고
판문점을 중심으로 반경 십오 킬로 내외에
공동체 운영 도시를 세우자는 것이었다

남북에 현존하는 정치권력의 상부에다
연방정부를 세운다는 생각도 해 보았지만
그것은 좌·우 두 세력을 견제하며
연방정부를 지탱할 만한
세력 기반이 없어서 곤란하고
비록 참을성 있는 노력으로
오랜 기간이 걸리겠지만
남북에 현존하는 정권의 하위에다
청년 공동체를 세워서
기성세대의 노화와 함께
점차적으로 통일을 달성할 수밖에 없다고

생각하였다

그는 이 공동체 수립안을 대통령에게
청원 형식으로 제출하였다
모든 국민은 국가기관에
문서로써 청원할 권리가 있다는
헌법 규정에 의하여
주소와 성명을 명시하고
그 취지에 대해서도 상세한 설명을 하여
우송했던 것이다
그런 며칠 뒤 그는 연행되어
서울시 경찰국으로 압송되고
국가보안법 위반 혐의로 구속
중부서 유치장에 감금되었다

사상범이랍시고 커다란 독방을 차지하고
구속 기간을 연장해 가면서
엄밀한 조사를 받던 어느 날
그는 찝차에 실려
청량리 뇌병원에 들어갔다
삼 일 동안 병원 신세를 진 뒤
과대망상증이란 진단서와 함께
부모에게 넘겨졌다.

23

집에 돌아온 얼마 후에
그는 고향으로 가서
군 교육청 장학관으로 있던 친척에게 부탁하여
국민학교 임시 교원 자리를 얻었다
삼학년 담임을 맡아서
따스한 봄날을 아이들과 놀며
동심으로 가르쳤다
방과 후나 일요일이면
십여 명의 남녀 아이들과
들로 산으로
곤충채집과 식물채집을 다녔다

그가 근무한 삼성국민학교는
휴전선이 되어 있는 임진강에서
십 리도 못되는 곳에
자리잡고 있었다
선생님이라면 그 지방에서
대접을 받는 계층이었기에
군인들에게 검문을 받는다든지 하는 일로
불편을 느끼지 않았다
어릴 때부터 낯익은 곳이기도 했지만
산과 들의 돌과 나무 모두가
그의 신경을 그저 스쳐 지나가지 않았다

학교 뒷동산에 오르면
임진강의 출렁이는 물결 건너
북녘 땅이 빤히 보였다
새라면 몇 분 만에
날아갈 수 있는 곳이지만
그러나 그 사이에는
헤아릴 수 없는 철조망과 지뢰
밤낮을 가리지 않는 보초병의 총구가
가로놓여 있었다
그는 꿈마다 날개를 달고 퍼덕이며
군인들의 추격을 받으면서
죽음의 선을 넘어가곤 하였다

어느 날 그는 산마루에 올라서
임진강의 흰 물줄기에 넋을 놓고 있다가
문득 생각하였다
"그렇다, 나도 물이 되자
저 강물처럼 남에서 북으로
북에서 남으로
마음대로 굽이쳐 흘러보자
아무리 철조망과 지뢰들이 많다지만
이 산에 떨어지는 빗방울은
거침없이 흘러 강에 이르고
도도한 강물이 되지 않는가
나도 이 빗방울을 따라가자
지금 내가 비록 평화 통일을 소망하는

조그만 물방울에 불과하지만
언젠가는 동지들이 모여 도도한 강물이 되어
한많은 분단의 장벽을
부숴버릴 날이 오지 않을 것인가"
그리하여 그는 물과 함께
참게처럼 개울을 따라
기어가면 된다고 생각하였다.

24

헤아릴 수 없는 지뢰와 철조망
수많은 초병의 총구가 노리는
임진강을 건너기로 작정했을 때
어찌 두렵지 않았으랴
무사히 건너갈 아무런 보장도 없으며
돌아올 기약은 더욱 없었다
그러나 그는 그 길을 떠나기로 했다
그래야만 조국의 통일로 가는
통로를 찾을 수 있기에
민족의 통일에 대한 희망이 없는 한
그는 이 민족과 함께
질식할 수밖에 없다고 느꼈으므로

그가 기대는 것은 오로지
생명력이었다

단단한 각질에 싸인 여린 씨앗이
껍질을 부수고 움터 나오듯
자기가 가는 길은
삶과 생명의 자연스런 행로이므로
단단한 권력의 껍데기를
마침내 부수고야 말 거라고 믿었다
자기 한몸 죽어지더라도
역사의 흐름은 계속
자기가 추구한 행로를
밟아갈 것이라고 확신하였다

1955년 단오 운명의 날
오랜 가뭄 끝에 아침부터
장대비가 쏟아졌다
첫째 시간은 국어였는데 정상 수업을 하고
둘째 시간부터는 천막 교실에서
미리 준비해 둔 과자와 사탕을 나눠 주며
노래자랑을 시키고 합창을 시켰다
자기만이 아는 송별회였다

저녁 무렵
조그마한 보따리 하나를 들고
국방색 군용 우의를 입고
물꼬를 보러 나온 농민의 걸음걸이로
들판 한가운데 있는 임진강의 지류
탄포천에 도착하였다

그는 개울가 버드나무 숲에 앉아
포도주 한 병을 마시면서
밤이 깊기를 기다렸다
비는 계속 폭우로 내리고
어둠은 천지를 뒤덮어 안개처럼
그의 온몸을 감싸며 살 속으로 스미는데
가슴 속에 타오르는 불꽃은
점점 열기를 더해 갔다
포복 전진하여
경비선이 있는 동둑을 넘고
머리끝이 쭈뼛한 가운데
찌그러진 가시 철조망을 넘어
무성한 갈대밭에 몸을 숨겼다

썰물 때가 아직 멀었다는 것을 알면서도
공연히 기다리기가 초조하여
미군 침대용 고무 튜브에
입김으로 바람을 넣었다
비닐로 된 소지품 주머니를 허리에 차고
튜브 위에 엎드려
두 팔로 부지런히 노를 저었다
좌우의 강변은 갈잎만 살랑대고
구불구불 돌아서 한 시간가량
헤엄쳐 온 것으로 느꼈을 때
강폭은 어둠 속에 지극히 넓어 보이고
너무 내려가다가는

서해 바다로 빠질 것이 염려되어
오른쪽 강변에 상륙하였다

갈밭을 헤치고 걷기에는
너무 어둡고 위험하게 느꼈으므로
날이 밝은 후 안내를 받기로 하고
갈대들을 쓰러뜨리고 그 위에
비스듬히 누웠다
팽팽하게 조여졌던 긴장감이
일시에 풀리면서
환영군중대회 장면을 상상하거나
그때에 할말을 생각하기도 하다가
깜박 잠이 들었다.

25

빤스와 런닝만 입은 몸에
추위를 느끼고 잠이 깼을 때
날은 훤히 밝아서
고지 위에 오가는 병사들이
뚜렷이 나타나 보였다
간조 시간이어서
강물은 도망치듯 급히 흘러내리는데
강폭이 불과 오십 미터밖에
되지 않아 보였다

아차, 그는 아직도 임진강 지류
탄포천에서 헤매는 것이 아닌가
그가 북녘이라고 상륙한 강변은
그대로 남녘 땅 오금리 뒷벌이었다

날은 이미 밝을 대로 밝아서
병사들은 모든 것을 한눈에 볼 수 있는
고지 위를 오락가락하였다
순찰병이 언제 올지 모르니
그대로 주저앉아 밤이 되기를
기다릴 수도 없고
걸음은 내친 걸음
다시 고무튜브에 바람을 넣었다
고지 위에서 총을 쏘거나 말거나
운명에 맡기기로 하고
튜브 위에 몸을 실었다
쏜살같이 흐르는 썰물이어서
손짓 한 번 안하고 흘러갔다
약 십 분 흘러내리니 임진강 본류
어제부터 계속 내린 비로
수량이 잔뜩 불어나
삼킬 듯이 넘실대고 있었다

이제 그의 몸은 황해를 향해
줄기차게 흐르는 것이었다
두 팔은 애써 강물을 가로지르려고

버둥거렸지만
가랑잎 위에서 몸부림치는
개미의 신세와 같았다
훨씬 하류 쪽의 기슭을 목표로 하고
기를 쓰며 허우적거렸지만
거센 물결은 번번이
목표 지점을 멀리 지나치게 하였다
한 가지 다행인 것은
비가 계속 쏟아져서
고지들을 뽀얗게 가려 준 사실이었다

그런데 큰일이었다
아직 강을 절반도 못 건넜는데
바다 쪽에서 하얀 물줄기가 밀려왔다
밀물이 시작된 것이었다
흘러내리는 강물과 밀물이
거칠게 부딪혀서 부서지는 파도가
그의 고무튜브를 마구 뒤집어 버렸다
이제는 튜브 위에 타고 있을 수 없었다
그저 두 손으로 튜브의 한구석을
죽어라고 붙들고서
서해로 서해로 흘러내려 갔다
이미 한강과 임진강이 합쳐 흐르는
삼도품, 이제 곧 서해였다

최후의 힘을 다해 악전고투해서

북쪽 강기슭이 백 미터쯤 남았을 때
앞쪽에는 불쑥나온 뫼부리가
강폭을 좁혀주고 있었다
그는 그 기슭에 상륙할 요량으로
죽어라고 손을 놀렸다
그러나 웬걸 뫼부리 앞에서
물결은 험악한 소용돌이를 이루었다
한쪽 손에 잡았던 튜브를 놓치고
물결과 함께 곤두박질쳤다
두어 번 물을 먹다
다시 물 위에 떠서 정신차렸을 때
고무튜브는 저만큼
앞장서 떠내려갔다
튜브를 잡으려고 무진 애를 쓰다가
좁다란 여울목을 지나니 물결이 자고
겨우 헤엄쳐 강기슭에 닿았을 때
발가숭이 알몸은 등에다
통일독립청년공동체 수립안이 든
비닐 주머니를 찬 채
반 정신을 잃고 휘청대며
육지에 올랐다.

26

북녘 강변에 오른 그는

나지막한 철조망을 넘어서
보리밭둑을 지나 비틀대며
오막살이를 향해 나아갔다
그 집앞 우물가에서 흙을 씻으며
놀라 바라보는 할머니에게
"잠깐만 쉬게 해 주세요
이남에서 건너온 사람인데
곧 내무서로 찾아갈 겁니다"라고 말하고는
그의 몸씻는 것을
할머니가 거드는 것도 같았는데
다시 정신을 차렸을 때
그는 그 오막살이집 안방 아랫목에서
발가벗은 채 이불에 덮여 있었다
주인 할머니의 말에 의하면
우물가에 쓰러져서 마구 물을 토하고는
정신을 잃었다는 것이다
그가 깨어나는 것을 보고
할머니는 무엇을 좀 먹으라고 권했으나
그는 아무것도 먹을 수 없었고
다시 이불 속에 들어가 잠들었다

손들엇 하는 소리에 소스라쳐 일어났을 때
두 명의 인민군이 따발총을 들이대고
두 손을 포승줄로 묶으려 들었다
그는 이제 그들을 찾아가
안내를 받으려는 사람이라고 설명했지만

할말이 있으면 가서 하자며
포승을 서둘렀다
판문군 내무서 월정분주소에 도착하기까지
시오리를 걷는 도중
농부들은 모내기에 분주했다
소조밀식疎條密植이라 해서
가로는 넓게 세로는 매우 촘촘이 심는
모내기 법이 다를 뿐
산도 들도 농민들도
강 건너 마을과 아무 차이도 없어 보였다

그는 피로를 풀 새도 없이
월북 동기 월북 경로 등에 대한
취조를 받았다
그리고 도강해 온 지점까지
현장 조사를 나갔다
"여기가 당신이 건너왔다는 지점이오"
"예, 여깁니다"
"잘 보고 정확히 말하시오"
"예, 여기가 틀림없습니다"
"이 철조망 내에는 지뢰가 배설되어
한 발도 옮겨디딜 수 없는 곳인데?"
"글쎄요, 내가 이곳으로
걸어왔다는 것만은 틀림없습니다"
"그럼 당신이 건너올 때
저 군인들의 초소를 보았소?"

“그때는 정신이 없어서
아무것도 못 보았는데요”
“당신은 못 보았더라도
보초병은 보았을 거 아니요”
“보았겠지요, 아홉 시도 넘었을 때니까”
“당신이 넘어왔는데
지뢰도 터지지 않고
경비병에게도 발견되지 않았다는 것은
있을 수 없는 일이오
아니 저렇게 홍수처럼 흐르는 강물을
혼자 헤엄쳐 왔다는 것을
우리에게 믿으란 말이오?
더구나 당신이 의지해서 헤엄쳐 오던
고무 튜브는 놓쳐버렸다면서”

그에게 집중된 눈초리를 피하여
강물을 바라보니
과연 그도 놀랄 지경으로
강은 넓고 물결은 억세 보였다
강 건너 멀리 고향 탄현면의
산봉우리들이 파랗게 보였지만
이제 가지도 못할 땅이라 생각하니
강은 더욱더 넓어 보이고
그 자신 강을 건넜다는 사실이
믿을 수 없는 기분이었다
그는 철조망 가까이 내려가서

한참 동안 오르내리며
드디어 딛고 지나온 발자욱을
찾아내었다.

27

평양으로 이송되어 가는
기차에서 보는 창밖 풍경은
폐허 그대로였다
헤아릴 수 없는 물웅덩이는
전쟁 중에 미군 비행기의 폭탄에
얻어맞은 자국이었다
과거에 복선이었던 곳도
하도 폭격을 당해서 흙이 모자라
단선 철도밖에 만들 수 없다는 이야기였다
평양역에 도착할 때까지
한 개의 역도
제대로 있는 것을 볼 수 없었으며
도시나 마을같은 것도
찾아볼 수 없었다

기차가 평양에 도착하였을 때
여기저기 고층 건물들이
솟아오르는 것을 볼 수 있었다
육중한 기중기가 요란한 소리를 내며

좌우로 이동하면서
돌뭉치와 철강재를 실어나르고 있었다
가장 놀란 것은
다방이나 유원지에 한창 놀러 다닐
젊은 여학생들이 팔을 걷어붙이고
시가 복구 공사를 하는 광경이었다
밤늦도록 할 수 없이 끌려나와
죽지 못해
땅을 파헤치고 벽돌을 나르는지는
물어볼 수 없었으나
손톱에 메니큐어를 칠하고
하이힐로 위태롭게 명동거리를
쏘다니는 아가씨만이 행복할 거라고
확언할 자신은 없었다

개성 내무부를 거쳐
평양 내무성에서 수차 조사를 받았는데
그때마다 진실을 되풀이 말했지만
아무도 믿지 않았다
"당신이 이 청년공동체 수립안이라는
평화 통일 방안을 창안해서 만들었다지요?"
"예"
"당신 서울 문리대를 다녔다는데
무슨 과를 전공했소?"
"사회학과입니다"
"몇 년?"

"삼 학년에 중퇴했습니다"
"응 그래 국제법이나 법률을
전공하지도 않은 당신이 이 방대한 외교문서를
혼자 작성했단 말이오?
대학원에서 법률 연구만 한 사람도
이렇게 만들기는 어렵소
당신이 아무리 천재라 해도
사회학과 이 년 다닌 실력으로는
어림없는 일이오"
"어쨌거나 내가 만든 것임에는
틀림이 없습니다"
"그건 그렇다 치고 남반부에서
평화 통일을 공공연히 주장할 수 있소?"
"평화 통일을 주장하는 사람은 없지만
못한다는 규정은 없을 겁니다"
"그래서 당신은
평화 통일 방안을 이승만에게 제출하고도
무사했단 말이오?"
"먼저도 말한 바와 같이
이십 일 가량 유치장에
구금되었다가 석방됐습니다"
"그래 국가보안법 위반 혐의로
구속됐던 사람이 감시도 받지 않고
휴전선 부근 국민학교 교사로
취직을 했단 말이오"
"예, 의심스럽겠지만 사실입니다"

"이 동네는 아주 등신들만
모여 사는 줄 알아?
개새끼들 위장을 시켜 보내려면
좀 똑똑히 시켜 보내지
엉터리로 꾸며 가지고 어린 놈을 보내?
당신이 임진강 북쪽에 도착한 게
아침 아홉 시였다는데
요컨대 국방군이 보호해 주는 조건 아래
유유히 헤엄쳐 왔단 말이 아니오?"
"아닙니다. 밤중에 떠나서
잘못 알고 상륙했다가 잠들었기 때문에
부득이 그렇게 됐습니다"
"목숨을 걸고 넘어왔다는 사람이
도중에서 잠이 들었다?
이거 도대체 이해가 되오?
아무리 거짓말을 하려고 해도
우리는 당신의 정체를
과학적으로 증명할 수 있소
물론 놈들에게 훈련을 받을 때
간첩이란 걸 자백하면
사형시킬 거라고 들어왔겠지
그러나 당신 하나를 죽여서
무슨 이익이 있겠소
모든 사실을 이야기하면
당신의 죄는 그것으로 끝나는 거요
어린 당신이 미제와 그 앞잡이들에게

이용당했다 해서
어찌 당신을 처형하겠소?”

그에게는 특별히 뒤집어 보일
버선목도 없었고
취조관들은 모두 그를
간첩으로 단정하였지만
왜 요시찰인이 되지 않고 휴전선 부근에서
교원 노릇을 할 수 있었는지
왜 아침에 강을 건넜는데
양쪽 초소 모두에게 발각되지 않았는지
왜 지뢰밭의 지뢰가 터지지 않았는지
그 자신도 우연으로밖에
돌릴 수 없는 처지였다.

28

밤을 꼬박 새운 다음 날도
중좌와 대좌의 방을 옮겨 다니며
취조는 계속되었다
“당신은 지금 이 평화 통일 방안의
취지와 내용을 설명할 수 있겠소?”
“예, 설명할 수 있습니다”
그는 약 삼십 분에 걸쳐서
우리나라가 처한 국제적 조건은

무력 통일이 불가능하다는 말로부터 시작하여
청년 공동체 수립의 필요성을
정성을 다해 설명하였다
공동체 안을 뒤적이며
잠자코 그의 말을 듣고 있던 대좌는 별안간
"당신은 우리나라 국호가
뭔지 아시오?" 하고 물었다
"조선 인민 공화국이라고 합니다"
"틀림없소? 당신은 우리가
일차 남진했을 때 어디 있었소?"
"서울에 있었습니다"
"그때 조선민주주의 인민공화국이란 말을
들어보지도 못했소?"
"중국도 중화인민공화국이라 부르기에
북조선도 조선인민공화국이라고
불러도 되는 줄 알았습니다"
"이런 국제조약과 같은 문서에서
한편은 대한민국이라 썼으면서
한편은 엉터리 국호를 쓴 것은
우리를 욕하려는 고의적인 짓이 아니오?"
그는 몰라서 저지른 실수였다고
몇 번이나 사과를 하여
겨우 대좌의 노기를 가라앉히고
본문 삼십 개 조항과 부록을
차례로 설명하였다
대좌는 시종 머리를 갸우뚱거리며

듣고 있다가
설명이 다 끝나자 뜻밖에도
“몇 달 동안이나 훈련을 받았소?”
하고 엉뚱한 질문을 하였다
그는 별안간 화가 치밀어서
“아니 도대체 모두 내가
남한 정부에서 훈련받고
넘어온 것으로 생각하시는 모양인데
그러면 좋습니다
남한 정부에서 보내 왔든지
미국 기관에서 보내 왔든지
결국 우리나라 평화 통일의 문제이니까
이 통일 방안에 대한
당신들의 의사만 말씀해 주면
될 게 아닙니까?
진정으로 우리 민족의 장래를 위해
수락하고 실천에 옮길 수
있을 만한 것이냐 아니냐를
결정하면 될 일이지
무엇 때문에 내가 만든 것이 아니라고
말하기를 강요하십니까?”
대좌는 그가 이제
실토할 것으로 생각했던지
“좋습니다. 누가 보내서 왔든지
절대로 당신의 안전을 보장하겠소
그러나 국가의 정책을 수행하기 위해서는

이 공동체 수립안이
대한민국 무슨 부서에서 나온 것인지
정확히 알아야만 되오
우리의 정책은
제안자가 누구냐에 따라
전혀 달라지는 거요
그러니 먼저 사실을 밝히고
우리의 답변을 요구하는 게
순서가 아니겠소?"
그는 하도 어이가 없어
"대좌님 염려하지 마십시오
이것은 저 개인이 만들어서
개인이 제안하는 것이 틀림없습니다"
"아니, 도대체 어쩔 셈으로 그러오."
대좌는 소리를 버럭 지르며
밖으로 데려가라고 지시하였다

아래층으로 끌려나와
다시 중좌에게 취조를 받았다
그는 이제 지칠 대로 지쳐
발악하듯 말하였다
"평화 통일을 위해 월북하는 인사는
누구를 막론하고 신분을 보장한다는
내무상 성명이 있었고
또 누가 보내서 왔든지
조국의 평화 통일 문제를 협의하기 위해

월북한 이상
나를 죄인 취급해서 심문할 필요는
없지 않소?
도대체 내무상 좀 만나게 해 주시오"
"좋소, 당신을 누가 보냈는지
한 마디만 바른 대로 말하면
내무상도 만나게 해 줄 수 있소."
그는 며칠 동안 너무 시달렸고
설마 죽일 테냐 하는 배짱으로
그로서는 농담으로
"그럼 당신들이 원하는 대로 말하리다
내무부 치안국 특정과
'오'라는 사람이 보냈다고 해 둡시다."
이 말을 들은 중좌는 아무 말 않고
밖에 나갔다가
십 분 후에 명함판 사진 한 장을
들고 들어와서
"이 사람이오?" 하고 내밀었다
그 사진은 틀림없이
지난해 가을 호소문 때문에
치안국으로 잡혀 갔을 때
공산당은 사람도 아니라 하던
바로 그 사람이었다
그는 머리를 끄덕여 보였다
중좌는 이제야 됐다는 듯이 좋아하며
대좌의 방으로 데리고 올라가서

자기들끼리 들락날락거리며
한참 부산을 떨더니
공동체 안과 조사 기록 일체를 들고
방을 나갔다

삼십여 분 후에 그는
어느 넓은 응접실로 안내되고 거기에서
파랑줄이 굵게 쳐진 바지를 입고
견장에 왕별을 단 사람을 만났다
나중에 안 일이지만
그 왕별이 바로 내무상 방학세였다
"당신 김낙중이오?"
"예"
"그런데 왜 하필
훤한 아침에 넘겨다 줍디까?"
"누가 보내서 온 것이 아닙니다"
"아니 또 무슨 소리를 하고 있어?"
"아닙니다. 하도 내 말을 믿지 않고
누가 보내서 왔냐고만 하기에
답답해서 그렇게 말해 본 것뿐입니다"
그의 말을 듣고 있던 왕별은
기분이 확 상했는지
문을 꽝 닫고 나가 버렸다.

29

왕별의 기분을 상하게 한 날
그는 상좌 한 사람과
소련제 찝차를 타고
곧바로 철창으로 직행하였다
그가 들어간 감방은
세 사람이 꼭 끼어서
칼잠을 자야 할 넓이였다
창문 앞으로 두 사람이 나란히 앉고
그는 변기 옆에 앉았다
그가 무슨 말을 건네려 하자
질색을 하고 손가락을 입에 갖다 대며
말을 못하게 되어 있다는 뜻을
일러주었다

취침 시간이 되자
그는 다시 취조실로 끌려 나갔다
꼬박 60시간가량을
조금도 잠을 못 잤으니
구워 먹든지 삶아 먹든지
멋대로 하라는 생각이 들 정도였다
취조하는 질문도
이미 몇 번이나 대답한 것이요
구구하게 변명하기도 지쳐
"이 세상에는 우연이라는 것도

있지 않습니까?" 하고 회피하니까
"우연이란 게 혹 있다 하더라도
당신처럼 하나부터 열까지
모두가 우연으로 이루어질 수는
없지 않느냐"는 것이었다

다음 날부터 그는 규칙적으로
취조를 받으며 감방살이를 했는데
그가 철창 신세를 지던 곳은
내무성 예심처였다
남한으로 말하면
내무부 치안국 고유의 경찰 유치장과
법무부 검찰청의 교도소 미결감을
합해 놓은 것과 유사했다
그가 감방 신세를 지게 된 이유는
물론 월북 동기를
납득하기 곤란한 때문이겠지만
평양으로 이송될 때까지는
범죄인으로 취급되지 않았다는 걸 생각하면
내무성에서 좀더 정신차려
이야기해야 했던 것이다
왜냐하면 그의 취조관인 소좌가
계속 치안국 특정과 오모와의 관련을
줄기차게 물고 늘어지는 것으로 보아
내무부 정보기관에서 투입한 간첩으로
단정하고 있는 모양이었다

취조를 받고 감방에 들어오면
그와 함께 있는 죄수들에게
마룻바닥에 손가락 글씨를 써서
"법정구속기간은 얼마나 되며
그 안에 해결이 안 되면 어찌되는가?
간첩 누명을 쓰고 그것을
벗지 못하면 어찌되는가?" 등을
묻느라 열심이었다
감방 속의 동료 의식은 더욱 따스한 것이어서
최대한으로 친절히 그 내용을
가르쳐 주었다
법정 구속기간이라는 것은 있으나
얼마든지 갱신할 수 있으니
그 실례로 지금 이웃 감방에는
전 부수상 박헌영이 수감되어 있는데
간첩죄에 대해 시인하지 않기 때문에
일 년 넘어 지났는데도
그대로 갇혀 있다는 것이었다
간첩 피의자에 대한 처벌은
악질로 보이면 여지없이 사형이고
나머지는 무기나 십 년형이라는 것이었다
이제 그에게 주어진 길은
사형이나 십 년 이상의 징역 외에는
없다는 것이 명확해졌다
이때까지 취조를 받는 그는
"의심을 받을 수밖에 없는

많은 요소가 있는 게 사실이니까
당분간은 참아야지” 하는
온순하고도 호의적인 태도를 취했었는데
닥쳐온 사태는 예상 밖으로
너무 악화되어 있었다

전투 개시!
다음 날 취조실에 불려갔을 때
그의 태도는 돌변해 있었다
“치안국 특정과 오모라는 자는
특정과장 오충환이지?”
“예”
“그래서 오충환이가
어떻게 하라고 보내던가?”
“내가 평화 통일에 대한 호소문 때문에
그에게 잡혀가 취조를 받을 때
북한이 평화 통일을 선전한다고 해서
그말이 진정이라고 믿는다면
공산주의의 ‘공’자도 모르는
풋내기 애송이일 뿐이라고
내 따귀를 때립디다”
“그래서?”
“그래서 나는 당신네들이 실제로
평화 통일이라는 말로
전쟁 준비를 위장하고 있는지 가 봐야……”
“쓸데없는 수작 집어치우고

뭘 하라고 보냈냐 말야?"
"보내기는 누가 보내요
평화 통일 문제를 협의하기 위해
나 혼자 왔다는데요"
"이 새끼가 아직 정신을 못 차렸군" 하며
그의 볼따귀에 벼락같이
소좌의 손바닥이 올라갔다
"이것이 북조선의 민주주의요?"
그는 침착히 따졌다
"너 같은 반동분자는 아직 멀었어"
"허울좋은 기만 성명을 해 놓고
막상 월북해 오면 철창 속에 넣는 게
인민을 위해서 하는 거요?"
"기만 성명? 내무상 성명이
너하고 무슨 상관이 있어
우리 대외 정보부 보고에 의하면
네가 치안국 특정과에서
파견됐다는 것이 판명됐어
문제는 네 임무가 뭐냐일 뿐이야"
"그렇게 잘 아는 사람이
나에게 물어볼 필요는 뭐요
난 할말 다했으니 맘대로 처분하쇼"
"좋아, 그 따위로 나가는 게
조금이나 이로운가 어디 해 봐"
소좌와 그는 서로 노려보다가
한참 후에 다시 감방으로 갔는데

이것이 그들의 마지막 대면이었다.

30

다음 날부터는 예심처 부처장이라는
대좌 앞에 끌려갔다
“몸이 퍽 약해 보이는데
빨리 말해 버리고 쉬는 게 좋지 않나?”
“할말은 다 했습니다”
“자네 이승만이 결사대군
입 다물고 죽었다면 누가 알아줄까?”
그는 이제 더 이상 할말이 없었다
그후 날마다 잠깐씩 불러내어
생각해 봤느냐고 묻고는 다시
감방으로 돌려보내기를 되풀이하였다
감방과 부처장실 사이에는
벽돌담을 돌아 봉숭아가 피어 있었는데
응달진 곳이라 빈약한 꽃송이들이었지만
오직 그를 위해 피어 있는 것 같았고
꽃이 다 시드는 날
그의 목숨도 끝날 것만 같았다
그는 이제 그를 무던히도 사랑하던
할머니와 부모 형제에게
소식조차 전할 길 없는 철창 속에서
미제국주의 앞잡이의

고용 간첩이라는 멍에를 쓴 채
깊은 수렁에 빠지고 말았다

그는 하도 답답한 나머지
억울한 사정을 동료 죄수들에게
하소연해 보았다
그러나 두 사람 모두
그의 이야기에는 숨겨둔 곳이 있을 거라고
불평하면서
자기들이 취조관이더라도 그의 말을
믿을 수 없을 거라는 이야기였다
그렇게 부인해 보았자
날이 갈수록 악질로 되고
드디어는 결사대로 인정해서
처형해 버릴 것이니
사서 고생하지 말라고 권고했다
그는 이제 결백이 증명되어
살아 나가리라는 희망조차
가질 수 없게 되었다

그는 며칠 밤을 지새우며
활로를 찾기 위해 고민하였다
십 년쯤 징역을 살더라도
이승만이의 결사대로 몰려
죽고 싶지 않으면
남한 정보기관에서 투입된 간첩으로

자백해야 할 입장이었다
그러나 정보기관의 내용을 알아야
거짓 자백이라도 할 게 아닌가
그래서 그는 하는 수 없이
내무부 치안국 특정과 오씨의 이름을
계속 빌리기로 하였다
내무성에서 취조받을 당시
한 번 들먹인 이름이라
더욱 합리적이라고 생각하였다

예심처 감방에 투옥되어
열흘 쯤 지났을 때
전날과 마찬가지로
부처장인 대좌에게 불려갔다
"잘 좀 생각해 봤나?" 하는
기계적인 질문에 대하여
그는 조용히
"예, 모든 것을 자백하기로
결심했습니다"라고 말하면서

회개하는 죄인 모양 머리를 수그렸다
그러고는 이어서 한 시간가량
긴 이야기를 늘어놓았다

빈농의 아들로서 대학을 다니기까지
온갖 뼈저린 고학의 사연과

폐결핵으로 앓아 누워
집안이 파산하게 된 사연을
상황 근거로 제시하고
딱한 사정을 전해들은 친구의 소개로
특정과 '오'를 만나 오십만 환에 팔려서
고용 간첩이 되었다고
눈물나게 꾸민 이야기를 자백하였다
서울 남산 밑 여관방 같은 곳에서
이십 일간 특수 훈련을 받았는데
그 훈련이란 청년공동체 수립안의
조문들을 외우며 해설하는 것이었으며
훈련 중에 특정과장 오와
미국인들이 서너 차례 다녀갔는데
미국인들은 그가 영어를 못 듣는 줄 알고
무사히 돌아올 거라느니
못 돌아올 거라느니 지껄이더라는 사연을
슬며시 집어넣었다
그의 말을 듣고 있던 대좌는
희색이 만면해서
가난하기에 목숨을 판 셈이라고
위로해 주었다
그날 오후에 그는 이 자백 내용을
자서전 형식으로 엮어 놓았다
아무튼 합리적인 거짓말은
실제보다 훨씬 사실 같았다

진술과 자서전을 통해 그가 노린 것은
북한의 평화 통일 주장이
남한에서는 전쟁 준비를 위해
시간을 벌기 위한 것으로 판단하고
미국측에서는 전략 변경으로 보기 때문에
경제 건설과 전투력 강화 중
무엇을 우선할 것인가를 결정하기 위해
그를 투입하였다는 점을
은근히 암시하는 데 있었다
그를 돌려보내지 않으면
남한의 전투력 강화를 초래하는
어리석은 처사라고 판단하게끔
재료를 만들어 주었다
당시 한미 간의 의견 대립을
최대한 고려한 것이었지만
그는 이러한 허위 자백의 결과가
어찌될지 도무지 알 수 없었고
다만 막다른 골목에서의
몸부림일 뿐이었다.

31

돈에 팔려 넘어온,
남한 정부와 미국 기관에서 공동으로 파견한
고용 간첩이라고 허위 자백을 할 때

그에게는 어린애보다 순진한
믿음이 있었다
'공산주의자들도 사람이겠지
가난과 빚에 쪼들려
몸을 팔아 간첩이 되었다고 말하면
차마 죽이기야 할라고' 하는 믿음이
그를 용감하게 했다
그렇지만 사형이나
무기징역이 될지도 모르는 상황에서
어느 누가 초조해지지 않겠는가

그가 자백을 한 뒤
이 주일쯤 되는 어느 날 오후
오랜만에 맑게 개어서
죄수들은 감방 뜰의 수돗물에서
목욕 겸 일광욕을 십여 분 하고 돌아오는데
아니나 다를까
간수가 그를 따로 부르더니
기소되었다고 알려주었다
그러자 조금 후에
머리를 박박 깎이었다
완전한 죄수가 되었다는 표시였다

최초로 강제 삭발을 당하고
철창 속에 들앉은 그는
부딪힌 현실 앞에 기가 막혔다

진술서와 자백에서 노린 그의 꾀에 넘어가
그냥 돌려보내 주리라는 기대는
물거품이 된 것 같았다
'반동 간첩으로 재판을 받는다?
비록 사형이 아니고
십 년 징역이 된다고 치자
과연 나는 그 세월을 어떻게 참고
쇠고랑을 차고 있을 것인가?
아니 도대체 그렇게까지 하면서
살아남을 이유는 무엇인가?'
이것은 스스로에게 던지는
너무도 가혹한 질문이었다

철창 밖은 장마철이 되어
주룩주룩 비가 내리는데
감방 속에 들어차는 습기에 눌려
질식할 것만 같았다
또한 식구들이 그렇게 그리울 수 없었다
"얘 낙중아, 이거 어제 어머니가
시골서 가져온 암탉이란다"
"예, 할머니도 어서 잡수셔요
미중아, 너도 이쪽으로 와"
가족들이 단란하게 둘러앉아
흰밥에 닭찜을 먹는 꿈을
몇 번이나 꾸었는지 모른다
그리고 이러한 꿈을 꿀 무렵

그에게는 당연히 부음도 없이
할머니의 장례가 치러졌다.

32

평화 통일에 대한 그의 온갖 노력은
물거품이 되고
잘해야 반동 간첩의 이름으로
꼬박꼬박 십 년을 하루같이
썩은 조밥이나 씹어야 한다고 생각하니
괜히 오씨를 들먹임으로써
심문을 잘못 받았다는 후회가
그의 온몸을 칭칭 동여매였다
죽더라도 진실만을 말하지 못하고
어떻게 살아남을 수 없을까 하는
얕은 생각으로 잔꾀를 부려
자승자박한 생각을 하니
원통하여 피를 토할 지경이었다

그리하여 밥을 굶기 시작하였다
아무 말 없이 밥을 갈라서
감방 사람들에게 나누어 주었다
단식을 시작한 지 이틀 되는 날
죄수들은 그의 밥을 계속 갈라먹지 못하고
간수를 불러 보고하였다

반동 간첩이 단식을 한다고 해서
눈 하나 깜박일 것도 아니어서
그는 뱃속이 좋지 않다는 핑계를 대었다
잠자코 단식을 계속하여
거의 다 죽게 되었을 때
비로소 그의 결백을 말하고
자유의 몸이 되게 해 주든지
아니면 그대로 옥사하겠다는 뜻을
천명할 작정이었다
사흘 째부터 죽이 나오더니
그것도 입을 대지 않자
의사가 찾아와 진찰을 하고
포도당 한 병을 주사하였다
입이 쓰디 쓰고 침이 마르고
온몸이 땅 속으로
잦아드는 것 같은 느낌 속에서
그는 죽음을 냉랭하게 응시하며
간절한 기도를 되풀이하였다
"하느님, 내가 이 세상에서 사는 것이
당신의 뜻이어든
나를 건져 주시옵소서"
하느님의 교파나 이름이 뭔지는
알 필요도 없다고 생각하면서
두 손을 가만히 가슴 위에 얹었다.

33

평평 축포가 쉬지 않고 터지는 가운데
라디오에서 흥겨운 노래가 나오더니
곧 수상 김일성의 목소리가
꽝 꽝 울려나왔다
해방 십 주년의 전야제가 진행 중이었다
그때 그는 모란봉이 올려다보이는
서평양시장 부근의 가정집 툇마루에서
사복 차림의 두 중년 사내와
닭고기 돼지고기 쇠고기 요리가 그득한
교자상에 둘러앉아
아무거나 뜯어 먹고 있었다
"그동안 고생이 많았죠?"
"뭘요……"
"이제 곧 고향에 가게 될 것입니다"
이것이 식사 중에 나눈 대화였다

어떤 이유로 그에 대한 취급이
완전히 돌변한 것인지 알 수 없었다
어제 아침만 하더라도
그는 닷새째의 단식을
눈치 하나 채이지 않게 계속하던 터였다
오후가 되자 간수가 나오라는 바람에
전방인가 하고 나섰더니
세단차로 이곳에 옮겨졌던 것이다

그래서 어제 저녁은
죽을 쑤어 달래서 먹고
오늘도 죽을 먹으면서
푹 쉬고 있었던 것이다
그동안 어찌나 몸이 약해졌던지
변솟길에도 지팡이가 필요할 정도였다
그래도 옥중에서 먹고 싶던 음식이기에
소화 여부는 헤아릴 겨를도 없이
몇 가지를 집어 먹었다
그것이 체해서 그의 건강은
더욱 악화되었다

다음 날 아침 식사를 마친 후
강이라는 함경도 사내가 나타나서
함께 나가자고 하였다
무슨 영문인지 모르지만 포로의 몸이니
잠자코 따라나섰다
거리마다 출렁대는 군중의 틈을 헤치고
김일성 광장이 내려다 보이는
고층 건물의 옥상에 올라갔다
광장에는 먼저 인민군 군악대가 지나가고
보병, 포병, 탱크 부대가 행진하고
각급 학교 학생들이
울긋불긋한 깃대를 나부끼며 지나갔다

구경 중에 가장 인상 깊었던 것은

어린 인민학교 학생들이
만세 만세 소리치며 행진하다가
수천 수백의 고무풍선과 비둘기를
일제히 날렸던 순간이었다
"아 저 귀여운 것들이
십여 년 후에는 남쪽에서 자라는
내 사랑스런 동생들을 향해
총부리를 겨눌 이유는 무엇인가?"
그는 바로 그 시각에
서울운동장이나 중앙청 앞에서
풍선을 띄우며 만세 부를
어린이들의 모습을 떠올리며
눈물이 글썽해지는 것을 감출 수 없었다
함께 있던 강이라는 자는
어두운 감방에 있다가
이렇게 호화로운 구경을 하니
감격해서 그러는 줄로
오해했을지도 모르는 일이었다.

34

해방 십 주년의 호화로운
행진 구경을 마치고 돌아오는 길에
그는 온통 토하고 어지러워서
식은땀을 흘리며 겨우 숙소에 도착했다

그리고 며칠 동안
꼼짝 못하고 자리에 누워
죽을 먹고 지내야 했다
예쁘장한 처녀 간호원이 매일 들러서
주사도 놓고 약도 주었다
그가 앓는 동안 강씨가
하루에 한 번 정도 병문안을 다녀갔다
그런데 그의 건강은 더욱 악화되어
먹은 것은 도무지 소화가 안 되고
옆구리와 어깻죽지가 뜨끔뜨끔 결려
도무지 기운을 차릴 수가 없었다
이것은 실상 그의 마음속에
병이 낫지 않기를
바라고 있었기 때문인지도 몰랐다
열흘이 지나도 건강에 차도가 없으니
강씨와 간호원은
약간 초조한 듯한 눈치였다
"과거에 어디 특별히 앓은 적이
있나요?" 하는 간호원의 물음에
그는 서슴지 않고
"예 얼마전에 폐결핵으로 고생했으니
아마 그것이 다시 악화됐나 봐요"
이렇게 대답하고는
결핵의 초기 증상들을 주워 섬겼다
당분간 아무 변함없이
그대로 누워 있고 싶어서 한 거짓말이었다

자신이 놓인 입장에 대한
아무런 판단도 서지 않은 상태에서
닥쳐올 냉혹한 현실이
두려운 때문이었다
결핵이 재발한 듯하다고 했더니
다음 날부터는
스트렙토마이신이나 아이나 등의
결핵약이 투약되었다
그는 자기의 병이 무엇인지도 모르면서
주사도 맞고 약도 받았다

며칠 후에 강씨와 함께
한 고위층 인사가 세단차를 타고 나타났다
"그래 몸이 아파서 얼마나 고생이오"
"예, 여러 가지로 돌봐 주셔서
감사합니다"
"그런데 지금 당신의 건강이
오 리쯤은 서서히 걸을 수 있겠소?"
"글쎄요
천천히 가면 가겠지요"
"그럼 됐소, 당신의 병이
어차피 하루 이틀에 낫지 않을 모양이니
당신 집에 가서 고치도록 하시오"
"우리집이라니요?"
"왜, 서울에 당신 집이 없소?"
"예 남한의 서울에 있습니다

그런데 내가 어떻게
남한으로 돌아갈 수 있습니까?"
"공화국 정부는 당신을
남한으로 돌려보내기로 결정했소"
"예?"
"당신은 우리 정부의 회답을 가지고
월북시킨 자들에게 돌아가야 되오"
이렇게 말하면서 가방 속에서
모조지 한 장을 꺼냈다
거기에는
"우리는 당신들이 원한다면
이 청년 공동체 수립안에 대해
토의할 용의가 있다"라고
붓글씨로 쓰여 있었다
"이것이 무엇입니까?"
"무엇일 것도 없소
가지고 가서 당신을 보낸 자들에게
전해 주면 되오"
그 순간 그의 머릿속에는
'옳지 너희들이 나의 허위자백을
그대로 믿는 모양이구나' 하는 생각이
번개같이 지나갔다

드디어 주사위는 던져졌다
처형이나 징역에 대한 걱정은 해소됐고
이제 그가 목숨을 걸고 월북한 목적 즉

청년 공동체 안에 대한 그들의 반응을
알아야 할 차례였다
“저는 이대로 갈 수 없습니다”
“왜?”
“내가 이것을 들고 가면
단독 월북이라고 말하라는 지시를 어기고
모든 비밀을 폭로했다고
증명하는 것밖에 더 됩니까?”
“그렇다고 자기들이 보낸 사람인데
처벌이야 할라고”
“안 됩니다
여기 와서 아무것도 폭로하지 않고
청년 공동체 안을 나 자신이 만든 것으로
주장했다는 것이 보장되지 않는 한
도저히 갈 수 없습니다
그렇지 않다면 차라리
여러분의 손에 처형되겠습니다”
“그럼 이 문장을
우리는 평화적 통일에 관하여
어떤 것이든 토의할 용의가 있다라고
고치면 되지 않겠소?”
“그런 말이라면 방송으로
누차 발표한 것이 아닙니까?
저는 조국의 평화적 통일을 위해서
북조선 당국이 남한 정부에 제의하는
공식 문서를 만들어 주신다면

죽는 한이 있더라도
그것을 갖고 남한으로 갈 용기가 있습니다
공식 문서도 아닌 무의미한 것을 가지고
목숨을 걸 수는 없습니다"
"공화국 정부에서 이승만 괴뢰 정부에
공식 문서를 보낼 수는 없는 일이오"
"쌍방이 서로 상대방을 괴뢰라 하니
못하는 것이 당연하겠지요
그러나 현실은 현실로 인정하고
통일을 모색하는 것이 타당하지 않을까요?"
"그럴 순 없지
괴뢰는 어디까지나 괴뢰이니까
당신은 어차피 남한으로
돌아가야 할 입장에 있으니까
이삼 일 후에 떠나도록 해야겠소
자동차에 태워서
군사분계선까지 데려다 주겠소"
"가지 않을 수는 없습니까?"
"그것은 곤란하오
당신 개인이 북반부에 살고 싶다면
이런 임무를 받지 말고 다시 오시오"
"지금 나로서는 군사분계선에 태워다 준대도
남쪽을 향해서는 한 걸음도
걸을 수 없습니다
나를 남한 형무소로 보낼 바에는
부모님이 보지 못하시는

평양 형무소에 있는 게 백배 낫습니다
내가 끝까지 남한으로
돌아가지 않겠다는 것은 아닙니다
건강이 좀 회복되기까지만이라도
시간 여유를 주십시오"
병약한 몸으로 애걸하듯 말하는
그를 지켜보던 고위층 인사는
"그럼 상부에 가서 다시 의논해 볼 테니
몸조리나 잘 하오" 하는
동정의 말을 남기고 사라졌다.

35

강제 송환은 일단 보류되고
가끔 들르는 강씨의 말을 통해
서둘러 남한으로 보내야겠다는
관계 당국의 태도가
많이 완화되는 것을 느꼈다
며칠 후 집을 옮기게 되었는데
그가 새로 머물게 된 방안에는
여러 가지 신문과 책들이 쌓여 있고
헝가리제 고급 라디오도 있었다
남한 방송과 북한 방송을
마음대로 들을 수 있어 좋았고
남한에서는 전혀 보지 못하던 책을

뒤적이는 것이 기쁨이었다

그러나 북한 당국이 그를
미제의 고용 간첩으로 확신하면서도
철창에서 꺼내어 요양까지 시켜
남한으로 송환하려는 정확한 이유를
알 수 없어 불안하였다
그리하여 최근의 국내외 정세를 알려고
근간 신문을 뒤적이다가
팔월 초순경의 『민주조선』지에서
이승만 대통령이
「38선 이남 지역 수복에 대한 성명」을
발표했다는 것을 알았다
그 성명은
"한국 정부 관리 및 군사 지도자들은
38선 이남의 개성 옹진 등에서
대한민국 정부의 통치권을 회복하기 위한
일대 조치를 취할 것이라는 결의를
유엔 특히 미국 정부에
통고하지 않을 수 없다"는 내용이었다
그는 이 기사를 읽고
갑자기 그를 강제 송환하려는
진정한 이유를 알 것 같았다
즉 그의 허위 진술과 성명의 내용은
너무도 일맥상통한 것이었다

하루가 지나고 또 하루가 갈수록
머리칼은 점점 자라는데도
그의 건강은 더욱 악화되어
숨을 쉴 수 없이 가슴이 결리고
몇 걸음도 걷기가 힘들었다
이제 꾀병이 아니고 진짜 환자가 되어
스스로 건강을 염려해야 했다
그래도 그에게 제일 염려되었던 것은
건강의 조속한 회복 문제가 아니라
병이 나아서 남한으로 가는 경우
어떻게 그의 평화 통일 방안을
실현할 수 있을까였다.

36

두어 달이 지나 가을이 깊어가도
그의 건강이 회복되지 않자 마침내
양시 영예전상자병원으로 옮겨가게 되었다
그곳은 결핵 전문 치료 기관으로서
원래 전상자를 위한 군인 병원으로
양시에 세워졌었는데
뒤에 용암포로 옮겨진 것이었다
그런데 최근에 와서 극소수의
민간인의 입원이 허용되고 있었다
전쟁을 치르느라 북한 사람들에겐

특히 폐결핵 환자가 많았는데 그들에게
선망의 대상인 곳이었다

그가 입원하던 날은 토요일이어서
월요일에야 진찰을 받을 수 있었다
병의 자각 증상이란 소화가 좋지 못하고
이따금 옆구리가 뜨끔거리는 것이었다
막상 병원에 오니 몸이 훨씬 가뿐하고
거짓말로 결핵의 증상을 늘어놓을 수도 없어
전에 폐가 나빴는데
재발했는지 모르겠다고 얼버무렸다
그랬더니 체온 검사를 하고
몇 번이나 엑스광선을 찍고 한 결과
폐에는 이상이 없다고 하였다
옆구리가 뜨끔거리는 증상은
늑간 신경통 정도일 거라며
고약을 붙였는데 거짓말처럼 나았다
지난 두어 달 동안 심하게 앓았다면
늑막이 유착된 것으로 보아
늑막염을 앓고 넘어간 것이 아닌가
추측된다는 진단이었다
십여 일에 걸친 종합 진찰의 결과
위에 약간 염증이 있을 뿐이니
주을온천에 가서 요양하는 게 어떻겠느냐는
병원 당국의 말이었지만
과연 주을로 보내줄지 의문이어서

천천히 휴양이나 하겠다고 했더니
선선히 승인해 주었다

의사와 간호원들은 그가
중앙당 소속이라고만 아는 모양이었다
그래서 한 번은 이런 일까지 있었다
의사 한 사람이 진찰실에서
단둘이 되었는데
의사는 자기의 딱한 신상에 관하여
그에게 하소연하였다
자기는 육이오 전 대구에서
남조선노동당에 입당하였다가
전쟁 중에 월북해 온 사람인데
전쟁통에 당원증을 분실하였고 또
입당 보증인들도 모두 전사해 버려서
그냥 비당원으로 있다는 것이었다
그리하여 그에게 구제 방도를 물었다
입당 절차가 무엇인지도 모르는 이방인이로되
그런 내색을 할 수도 없는 노릇이라
“글쎄요, 퍽 딱한 사정이시군요
이전 입당 사실에 관계없이
새로 입당하시도록 해야되겠군요”
이렇게 좀 아는 듯이 대답했더니
“그게 여간 어렵습니까?
어떻게 좋은 대책이 없을까요?” 하며
무척 애석해 하는 말투였다.

37

그가 머무르게 된 삼 병동 이 호실에는
약 이십 명가량의 환자들이 있었는데
민간인은 그 혼자뿐이고
나머지는 모두 인민군으로서
저 밑의 전사에서 대좌에 이르기까지
뒤죽박죽 아무 구별도 없이 뒤섞여서
같은 대우를 받는 것을 보고
약간 놀라기까지 하였다
모두들 계급장도 없는 솜동복 차림으로
주패를 치거나
전선 고지에서 도막난 철사줄이나 나무 쪼가리로 만든
소위 화선악기火線樂器라는 걸 뜯었는데
보통 기타나 만돌린에 비해
별로 손색이 없는 음색이었다

그는 한겨울을 장병들과 어울려
재미있게 지낼 수 있었다
심심하면 주패를 치고
춥지 않은 날은 자유롭게
시장으로 들로 산보를 갔다
그는 사실상 아무런 환자도 아니고
정양을 하는 것에 불과했기에
병원 문화부에 비치된 도서실에서
맑스 레닌 모택동 등의 저서를

매일 규칙적으로 독파하였다
그에게는 새로운 어휘투성이였지만
조국의 통일을 추구하는 자로서
쌍방의 세계를 편견 없이
이해해야 한다는 일념으로 공부하였다
『민주조선』이나 『노동신문』 등도
병실에까지 배달되었기 때문에
밤이면 그것들을 모조리 읽었다

신문에서 읽은
가장 중요한 사건 두 가지는
그가 예심처 감방에 투옥됐을 때
옆방에 갇혀 있었던
박헌영이 사형 언도를 받았다는 것과
소련 공산당 20차 전당대회에서
스탈린에 대한 비난 토론이었다
그는 이 사건들에 대한
인민군 장병들의 반응을 알려고
귀를 곤두세워 보았지만
불행히도 어느 누구도
그 문제에 대해 화제를 꺼내지 않았다
그래서 하루는
그와 침대를 나란히 하고 있기에
퍽 친숙해진 하사 한 사람을
산봇길에 유인해 가지고 나와서
조용히 물어보았다

"동무는 박헌영 임화 등의 간첩 사건을
어떻게 생각하오?"
하사는 한참 망설이더니
"우리는 과거에 임화의 시를
무척 좋아했었는데……" 하며
임화의 시 구절을 외울 뿐이었다
그래서 그가 다시
"박헌영 이승엽 임화 김남천 이들이
모두 간첩인 줄이야 아무도 몰랐겠지?"
이렇게 말하니 몹시 쓸쓸한 표정으로
"모르지……" 하고는
말을 회피해 버렸다.

38

용암포 병원에서 겨울을 지내는 동안
일주일에 한 번 서는 장날이면
빠짐없이 장에 나가 구경하는 것이
그의 취미가 되었다
애당초 북한 사회를 알려는 호기심이 동기였지만
나중에는 가진 돈을 쓸 수 있는 좋은 기회여서
언제나 장날을 기다렸다
일하지 않는 자는 먹지도 말라는 구호가
법칙처럼 지배하는 사회에서
그에게 돈이 있을 리 없었으나

평양에서 올 때 가지고 온
스트렙토마이신과 아이나를 비밀리에
팔아넘긴 데서 생긴 것이었다
그 돈을 가지고 장날이면
엿이나 떡을 사 먹고
이따금 기러기 고기도 사 먹었다

이월 삼월 쌓였던 눈들이 녹으면서부터
그는 자주 들판을 건너
압록강을 구경하러 갔다
집더미만 한 얼음덩이들이
밀려내려가는 모양을 지켜보노라면
그 자신이 어디론가 끝없이
흘러가고 있다는 착각에 사로잡혔다
목숨을 걸고 건넜던 임진강과는 차원이 다른
흘러내리는 바다, 그것은
한반도를 만주로부터 구분해서
분명히 보여 주었다
이러한 강을 국토 안에 두었던
빛나던 시대가 마냥 그리웠고
임진강마저 철조망이 쳐진 현실이
비통하였다
그는 간호원이 선물로 준
가제 손수건을 강물에 적셔 보았다
'내가 살아서 남한으로 가게 된다면
그리고 삶의 반려를 찾게 된다면

압록강물이 묻은 이 손수건을
그녀에게 전해 주고 싶은데'
이런 생각을 하며
손수건을 손바닥에 놓고 토닥거리며
병실로 돌아오기도 했다.

39

겨울을 병원에서 요양하고
들판에 쑥잎이 돋을 무렵
그는 완전히 건강한 몸이 되었다
이제는 다시 싸움터로 가야 되겠다고
몇 번이나 생각하고 있던 터에
평양에서 그를 데리러 왔다
그러나 열차를 타고 달려가는 그의 심경은
어떤 운명이 기다리고 있을지
막막하고 착잡하였다
평양으로 돌아온 그는 예전에 머물던
중국 대사관 근처의 민가로 돌아왔다

다음 날 아침
강씨와 함께 찾아온 방문객을 맞았다
지난해 가을에는 강제 송환을 명령했던
고위층 인사였다
"당신 그동안 고생이 많았는데

지금은 건강하다니 다행이오
우리 공화국 정부는
당신의 신분을 보장하기로 결정하였소
과거에 미제의 고용 간첩이었거나 말거나
우리는 일체 묻지 않기로 했소
그러니 안심하고 앞날을 결정하시오
북반부에서 대학에 들어가
공부하겠다면 공부시켜 주겠고
부모 형제가 있는 남반부로 가겠다면
언제라도 돌려보내 주겠소
그러니 서슴지 말고 당신의 뜻을 말하시오"
그는 우선 고맙다는 인사를 치르고서
생각할 여유를 청하였다
"그럼 잘 생각해서 내일
강동무를 통해 결정을 말하시오" 하고는
방문객은 돌아갔다

그의 머리는 하룻동안
온갖 생각으로 분망하였다
그중 가장 중요한 것은
'나는 자신의 신상을 위해서
북에 머물거나 남으로 가거나를
결정해서는 안 된다
문제는 이 겨레의 통일을 위해서
취해야 할 다음 단계의 행동이
무엇인가로 결정해야만 된다

청년 공동체 안이
한국 정부와 미국 기관의 공동작인 것으로 되어 있지만
누가 만들었건
북조선 당국이 어떻게 생각하나를 확인하고
그것을 조금이라도 추진하기 위해
남으로 가는 거다
일 년 가까이 북녘에 머무르다
남한으로 돌아간다면
무서운 박해가 기다리고 있겠지만
조국의 통일을 위해 취할 길이라면
서슴지 않고 선택하자'였다

무릇 진정한 용기와 지혜는
가장 순수한 마음에서 솟구쳐 나오는 샘물
스스로 그득히 고여 마르지 않고
수많은 목마름을 적시는
축복의 샘물
다음 날 그는 강씨에게
어제 오신 분을 다시 만나고 싶다고
청하였다
사흘 뒤에 그 고위층 인사가
다시 찾아오니 그는 말하였다
"대학에 들어가 공부하고 싶기도 하고
가족을 보고 싶기도 한데
아직 나이가 어리기 때문인지는 몰라도
가족들이 무척 그립습니다

그래서 나는 남한으로 가겠습니다
그러나 지금 이대로 남한으로 간다면
가서 뭐라고 말하겠습니까?
나를 정보 사업의 배신자로 규정한다면
어떻게 살아남을 수 있겠습니까?
물에 빠진 놈 건져주니
보따리까지 달라고 한다고 생각 마시고
한 가지 부탁만 더 들어주십시오
저를 기왕 남으로 보내주실 작정이면
청년 공동체 안을 나 개인이 만든 것으로
속은 체하시고
공동체 안 하나하나를 함께 검토해서
북조선 당국을 대변할 만한
답변을 들려주십시오."
그의 이러한 간절한 요청에 대해
고위층 인사는 간단히 말하였다
"그것은 어려운 일이 아니오
오늘은 그 공동체 안을 가지고 오지 않았으니
다음 기회에 이야기 합시다
남한으로 가기 전에 평양 구경이나 하며
푹 쉬시오
아무 걱정할 것 없소"

40

사월과 오월은 대체로
평양 부근의 관광에 소비하였다
모란봉 연광정 같은 고적지는 물론이고
관개공사장, 제강소, 조선소,
조국해방전쟁기념관, 민족해방투쟁관 등
수많은 곳을 세밀하게 구경하였다
그중에 그를 가장 슬프게 한 것은
해방전쟁기념관이었다.
그것은 남한의 반공전시회와 유사한
그러나 물론 정반대의 입장에서
육이오 중에 일어났던
각종 사건의 사진이나 유물 등을 전시한
굉장한 규모의 기념관이었다
유태인의 기름을 짜서
비누를 만들었다는 나치의 잔혹이
남의 일이 아니라는 것을 보여 주었는데
기가 막힌 것은 그걸 통해
새로운 증오심을 기른다는 사실이었다

전쟁 기념관을 관람하고 오던 길에
그는 강씨에게 물었다
"북에서는 이 전쟁을 왜
조국해방전쟁이라고 부릅니까?"
"미국놈들이 남반부를 강점하고 있으니

그놈들을 몰아내고 해방하자는 게 아니오"
"그렇다면 해방 전쟁을 일으킨 것이
인민군이 아니고 국방군이었다는 것은
우스운데요"
"뭐가 우스운가?
이승만이
미국놈들의 사주로 전쟁을 일으켰기 때문에
해방 전쟁으로 전환시켰을 뿐인데"
그는 대화가 진전될 수 없을 것 같아
말머리를 돌렸다
"인민군은 승리했다고 하는데
패배하지 않은 것이
위대한 승리라고 할 수 있을까요?
해방 전쟁에서 승리했다는데
과연 조국은 해방되었나요?"
"그러나 인민군은 미국놈과 그 앞잡이들에게
헤아릴 수 없는 타격을 주지 않았소
그게 승리가 아니고 뭐요?"
'미국 사람들에게도 물론
물자와 인명의 손실이 있었겠지만
이 땅의 국민들이 받은
생명과 재산의 피해에 견주면
어떻게 승리라고 말하겠어요?'
그는 이렇게 반문하고 싶었지만
강씨의 어조가 불쾌해진 것 같아
머리를 끄덕거리고 말았다.

41

그가 관광이나 독서로 소일하던
사월과 오월의 평양에선
조선노동당 제삼차 전당대회와
조국통일민주주의전선 확대회의라는
중대한 정치 집회가 열렸다
그는 이들 회의에서 발표된
모든 보고와 결정을 들을 수 있었으며
문헌으로 연구할 기회를 가졌다
스탈린 비판과 평화 공존 노선이 천명된
소련 공산당 대회 직후의 회의였기에
평화 통일의 필요성이 더욱 강조된 점이
가장 인상적이었다
본의가 아닌 전술적 구호라고 가정하더라도
인민 대중이 평화 통일을 말할 수 있다는 사실은
역사의 진보를 위해 소중하게 보였다
유월로 접어든 어느 날
집 앞에 세단차 한 대가 세워지고
거기에서 내린 몇 사람과
청년 공동체 안에 대해 토론하였다
그들은 공동체 수립을 위해
남북 정권 간의 불가침 조약이나
이십 만 이하로의 군대 축소,
공동체 구성원을 시행 당시
이십오 세 미만의 국민 전원으로 하고

그들에 대한 대인고권을 제한하는 사항 등의
여러 중요한 원칙에 동의하였다

그들의 반대 의견으로 중요한 것은
첫째 외국 군대의 철수 문제였다
공동체 수립안에서는 그 문제를
남북 정권이 독자적으로 결정할
내정 문제로 돌려놓았기 때문이었다
그들은 공동체 수립의 전제 조건으로
외국 군대의 우선 철수를 주장하였다
그래야만 자주적 통일의 길이
열린다고 주장하였다
그러나 그는 그에 대해서
주둔지 국가와 주둔군 사이에
정당한 행정 협정이 체결된다면
외국 군대의 주둔 자체가
주권을 제약하지는 않는다고 말했다
또한 공동체 수립을 보장할
강력한 중립 세력이 없는 한
외국 군대의 우선 철수가 새로운 충돌의
위험을 내포한다고 지적하였다

그들의 두 번째 반대 의견은
대의원수를 인구 비례로 선출하는 방식이었다
인구 비례제라면
공동체 운영원에서 관장할 경제 문화 교류가

공정할 수 없다는 주장이었다
그는 청년 공동체에서 관장할
단계적 남북 교류가
어느 일방에 불리하게 혹은 유리하게
진행되지 않을까 하는 염려는
청년 대중의 현명을 의심하는
기우라고 역설하였다
또한 운영 대의원은
선출된 지역의 정권을 대표하는 것이 아니라
선출한 청년들의 의지를 대표하기에
대의원 수의 남북 균등은
부당하다고 지적하였다

세 번째로 문제가 되었던 것은
공동체 운영 도시 설정이었다
판문점을 중심으로 반경 십오 킬로 내외라면
개성시를 침범한다는 거였다
그는 구태여 개성을 침범하려는 것이 아니고
공동체 운영을 위한 활동무대가
서울이나 평양일 수는 없는 것이니
휴전선상의 어느 곳이나 상관없다고 말하였다.

42

공동체 안에 대한 토의가 있은 며칠 후

서평양 기자능 밑에 있는 요리집에서
송별 연회가 있었고 그 다음 날
고급 세단차를 타고 평양을 출발했다
점칠 수 없는 내일을 향해
쏜살같이 달리는 자동차 속에서
그의 마음은 무겁게 가라앉기만 했다
개성의 여관에서 하룻밤을 자고
그 다음 날 새벽에는
삼십 분 쯤 남쪽으로 달려
카스테라 계란 담배가 든 봉투와 함께
휴전선 북방 분계선에 내렸다
그는 함께 온 소좌의 소개로
초소에 대기 중이던 소위에게 인계되고
평양에서 온 일행과는 악수를 나누었다
지도원 강씨는
"통일되는 날 다시 만납시다" 하며
자동차에 올라타고
그는 떠나는 차를 향해 손을 흔들었다

날이 환히 밝은 후
그는 인민군 소위의 인도로
경의선 철도에 안내되었다
거기서부터 그는 홀로
철도를 따라 남으로 걷기 시작했다
이십여 분을 걸었을 때 철조망이 나타났고
영어와 한자로 '비무장 지대'라 쓰인

양철판이 붙어 있었다
이것이 바로 부모 형제 자매
사랑하는 부부를 갈라놓은
악마의 휴전선 중앙 분계선
그는 철조망에 기대어 두 팔을 벌려 보았다
왼손과 오른손 사이의 현기증 나는 거리
"왼손은 북쪽에 있고 오른손은 남쪽에 있으니
이 두 손이 한 몸이 아니란 말인가"
그는 털썩 주저앉아
아침 식사로 계란과 빵을 먹고
한 걸음이 만 리라고 생각하며
비스듬히 자빠진 철조망을 넘었다
중앙 분계선에서 십 분쯤 더 걸으니
장단역 자리가 나타났다
역이며 마을이며가 모두 쑥대밭인데
유독 대합실만 옛 모습을 지닌 채였다
그는 아무도 없는 이 무인 지대에서
누구의 간섭도 받지 않고 살 수 없을까
상상해 보았다
갑자기 등 뒤에서 부시럭거리는 소리에
소스라치게 놀라 바라보니
노루새끼 한 마리가 숲으로 사라졌다

공공연히 월남한다는 것을 알려야만
보초가 놀라 총쏘는 일이 없겠기에
큰 소리로 노래 부르며

삼십여 분을 걸어도 초소는 보이지 않고
그는 하는 수 없이 철도를 벗어나
자동차 바퀴자국을 따라 걸으니
행길에 가로목을 걸쳐 놓고 서 있는
미군 보초를 발견했다
북쪽으로부터 파나마 모자를 쓴
신사복 차림의 청년이
산보나 하는 듯이 노래하며 나타나자
보초는 자못 어리둥절한 모양이었다
십여 보 앞에 이르러서야
정지 신호를 보내며 손을 들라고 했다
청년 공동체 안을 비롯한
소지품 보따리가 그의 손을 떠나고
오 분도 못 되어 찝차가 도착했다
두 눈을 헝겊으로 가린 채
한 시간가량을 달려 미군 부대에 이르고
영창에 갇혔다.

43

민간인 포로의 신분으로
의정부에 있는 사단 사령부를 거쳐
영등포에 있는 미군 정보대 안에서
감방살이를 하게 되었다
취조관이 물은 가장 중요한 질문은

월남할 때 받은 임무와
"돈을 받기로 한 것도 아닌데
무엇 때문에 목숨을 걸고 월북하고 또
월남했는가" 하는 문제였다
"민족 통일을 위해서"라는 답변은
취조를 하는 미군 일등 상사에겐
도무지 이해되지 않는 모양이었다
그는 한국 기관에 넘겨 달라고 요청했지만
미군이 담당한 구역으로 넘어온 것이기에
취조할 권한은 자기들에게 있다고 주장하며
한국군에 대한 작전 지휘권도
유엔군 사령관에게 있다는 것을 강조하였다

그러던 어느 날 속삭이는 듯 친절한 말투의
미군 소령 앞에서
거짓말 탐지기로 심사를 받게 되었다
손가락 끝에 전깃줄을 연결하고
가슴둘레에 고무띠를 두른 채
지정된 의자에 앉았다
"문 1, 당신의 이름은 김낙중입니까?"
"예."
"문 2, 당신의 나이는 이십오 세입니까?"
"예."
"문 3, 당신은 공산당에 입당했습니까?"
"아니오."
"문 4, 당신은 공산당의 지령에 의해 월북했습니까?"

"아니오."
"문 5, 당신은 가족을 만나고 싶습니까?"
"예."
"문 6, 당신은 간첩 교육을 받았습니까?"
"아니오,"
"문 7, 당신은 간첩 임무를 띠고 남파됐습니까?"
"아니오."
"문 8, 당신은 오늘 아침 식사를 했습니까?"
"예."

심사가 끝나자 소령은
그래프 용지를 꺼내 놓으며 말했다
"당신 두 가지 거짓말을 했군요
문 3과 문 7이 이렇게
높은 파동을 일으킨 이유는 뭐요?"
그는 잠시 당황해서 아무 말도 못하다가
마음을 진정시키고
다시 한 번 시험하기를 요청했지만
결과는 마찬가지였다
옆에서 지켜보고 있던 일등상사는
기다렸다는 듯이 앞으로 다가와서
사람은 거짓말을 하지만
기계는 절대 거짓말을 안 한다며
노동당 입당 사실과 남파 간첩이라는 걸
시인하도록 요구했다
그날은 식사 때가 되면

연거푸 커피만 먹이면서
철야 심문을 했다

다음 날 아침 상사는 다시 나타나 대뜸
“너 전기의자라는 말 들어봤나?”
그는 그것이 고문 도구라는 걸 알았지만
모른다고 대답했다
“그래? 스파이가 참말을 하게 하는 기계지”
그는 어떻게 전기의자를 피할까 궁리하다가
거짓말 탐지기 심사를
한 번 더 요구하기로 했다
똑같은 결론이 나오면
모든 것을 시인하기로 약속하면서

다시 미군 소령이 질문지를 낭독했다
“문 1, 당신의 이름은 김낙중입니까?”
“아니오.”
소령은 놀란 눈치로 서 있더니
질문지를 계속 읽어나갔다
“문 2, 당신의 나이는 이십오 세입니까?”
“아니오.”
“문 3, 당신은 공산당에 입당했습니까?”
“예.”
이런 식으로 모조리 거꾸로 답변했다
소령은 잔뜩 찌푸린 채
그래프를 들여다보더니

"너 개새끼, 너 같은 놈은 난생 처음 봤어" 하며
점잖은 체하던 소령의 입에서
욕설이 튀어나왔다
옆에 있던 상사가 앞으로 다가와서
그래프를 들여다보았다
그는 이때다 싶어 잠깐 넘겨다보니
문 3과 문 7이 높은 파동인
예전과 똑같은 그래프였다
"헬로, 상사님
당신은 아직도 내 말을 못 믿고
거짓말 탐지기를 믿으시렵니까?"
"뭐라고?"
상사는 눈을 부릅뜨며 씩씩거렸다
담배 연기를 푹푹 내뿜던 소령은
그의 몸에 연결된 장치들을 풀어젖히더니
그의 어깨를 끌면서 문 앞으로 데리고 갔다
"도망쳐!
저 철조망 있는 쪽으로 뛰어가!"
그는 어리둥절해서 소령의 얼굴만 쳐다봤다
"밖으로 뛰어서 도망치란 말야!
쏴 죽이게"
소령은 차고 있던 권총을 뽑아들며
소리를 질러댔다.

44

독방에 갇혀 있으면서
조사와 심문에 끌려다니는 세 달 동안
포로수용소에서의 생활은
완전히 죄수와 같았다
독방 생활에서 가장 불편한 것은
감방 안에서 용변을 할 수 없다는 점이었다
더구나 밤중에는 감방 문을 두드려서
보초를 불러야 하기 때문에
옆방에서 소변을 보러 갈 때마다
잠을 깨기 마련이었다
보초들이 하도 감방문을 안 열어 주어서
신고 있던 군화에 오줌을 누어
보초병의 얼굴에 집어던진 사건도 있었다

한번은 심술쟁이로 이름난 일등병이
보초 당번을 섰을 때
그는 자다 말고 문을 두드렸다
옆방 사람들이 잠을 깨는 것이 미안해
크게 두드리지도 못하고
삼십 분 정도 보초가 오기를 기다리다가
견디다 못해 문을 세게 두드렸다
그제야 미군 일등병이 다가와서
하품을 하며 문을 열어 주었다
그는 부지런히 막사 밖 변소로 걸어갔다

보초병은 잔뜩 성이 나서
“개놈의 새끼들 우리를 미치게 만들어”
중얼거리며 변소 안까지 따라와
그의 어깨를 잡아쥐며
“오줌 빨리 안 누면 죽어” 하고
등 뒤에서 지켜보고 서 있었다
그런데 막상 오줌을 누자 하니
안 나오는 것이었다
일등병이 그의 엉덩이를 걷어차며
“빨리 눠” 하고 악을 썼다
아랫배는 터질 것만 같은데
이삼 분이 지나도 역시 안 나왔다
일등병은 한층 더 기를 올리며
빨리 감방으로 돌아가라고 했다
그는 바지를 여미고 보초병을 향해 돌아서서
정중하게 말했다
“죄송하지만 잠깐만 조용히 기다려 주오
하도 아우성을 치니 안 나오요”
그가 마음을 가라앉히고 오줌을 누기까지는
한참이 더 걸렸다.

45

시월의 어느 날 오후
수갑을 찬 채 군용 찝차에 실려

후암동 국방부 앞을 지나 남산공원을 넘었다
그를 데리고 온 미군 상사가 시키는 대로
찝차에서 내려
남산 중턱의 일본식 가옥으로 안내되었다
그 집 문 앞에는 '남일사'라는
회사 간판 같은 것이 붙어 있었다
검은 안경을 쓴 중년 신사가 사무실에서 나와
미군 일등상사를 영접하였다
사무실로 들어가 잠깐 쑤군거리고 나오더니
미군 상사는 수갑을 풀면서
"네가 원하는 대로 한국 기관에 왔으니
잘해 봐" 하고는 돌아갔다

그는 어두운 복도를 지나
조그만 방으로 들어갔다
책상이 한 개 놓여 있는 온돌방이었는데
창문 밖에는 굵직한 각목들이 막아져 있어서
감방 대용으로 쓰인다는 것을 느꼈다
다음 날부터 검은 안경이 들어와
심문을 시작했는데
어떻게 해서 북의 공산당들이
그를 무사히 돌려보내 주었는지가
심문의 초점이었다
반드시 무슨 지령을 받았을 터인즉
그 내용을 자백하라는 것이었다
자백을 받는 수단으로는 고문이 동원되었다

그렇지만 이북의 무슨 기관이
간첩을 어떻게 교육시키는지
어떤 임무를 주어 남파하고 있는지
아무것도 모르는 상황에서
아무리 고문이 거칠어도 할말이 없었다

그의 입에서 기대한 말이 나오지 않자
홀딱 발가벗겨서 팔다리를 묶은 채
해방 전에는 일본인들이 썼던
목욕실로 데리고 갔다
욕실 바닥에는 낡은 타이어가 놓여 있었는데
그의 몸을 들어 타이어 위에 자빠뜨리니
머리가 뒤로 젖혀진 채
온몸은 꼼짝 못하게 타이어에 고정되었다
얼굴에 젖은 수건을 씌우더니
코에다 물을 붓기 시작했다
그는 자신이 내는 신음을 의식할 뿐
정신이 혼몽하였다
잠시 후 얼굴에 씌웠던 수건이 벗겨지니
검은 안경이 그를 내려다보고 있었다
"바른 대로 말 할 거야, 안 할 거야
지령 받은 내용만 간단히 말해"
"모든 것을 사실대로 말했습니다"
"아직 멀었어, 맛 좀 보여"
옆에서 거들던 조수들이
다시 물수건을 씌우고 물을 부었다

이번에는 고춧가루가 섞인 물이었던지
콧구멍에 불이 붙은 것 같았다
그가 의식을 회복했을 때는
방에서 담요를 덮고 누워 있었다

그 다음 날 다시 취조가 시작되었다
"맛이 어때? 정신 좀 나나?
너 같은 것은 죽으면 그뿐이야
대한민국에서 너는 이미 일 년 전에
행방불명 된 사람이야
너 같은 것을 죽이고 싶어 죽이는 건 아냐
사실을 자백시키기 위해
고문을 하다가 죽으면 할 수 없이
돌을 달아 한강에 버리는 것뿐이지"
한동안 실내에는 침묵만이 흘렀다
그때 마침 문 밖에서
"사장님, 따님이 찾아 왔는데요" 하고
어떤 젊은이가 문을 열었다
검은 안경은 나가면서 말했다
"알아서들 해, 피래미 같은 것을"

46

남일사로 온 지 일주일쯤 되던 날
"구속 영장이 떨어졌으니

경찰서로 데려가라"는 말을 들었을 때
그는 얼마나 기뻤는지 모른다
그는 이제 고문으로 흔적도 없이
죽을 염려가 없어졌기 때문이었다
그를 유치장으로 데려가던
형사의 말로는
"내 십이 년 경찰 생활을 했지만
구속 영장을 받고 너처럼 기뻐하는 놈은
처음 봤다"였다

그가 경찰서 유치장에서
서대문 형무소로 옮겨진 것은
십일 월 초순경이었다
거기서 비로소 가족들을 면회할 수 있었다
그때 비로소 할머니가 작고했다는 걸 알았다
새벽마다 정화수를 떠 놓고
그를 위해 빌다가
세상을 뜨셨다는 것이다

서대문 형무소로 이송되자
약 일주일 동안 검사의 취조를 받고
국가보안법 위반 혐의로
서울 지방 법원에 기소되었다
검사는 칠 년 징역을 구형하고
그는 전적으로 무죄를 주장했는데
서울 지법 형사 제1부는

징역 일 년을 언도하였다
물론 검사와 그는 고등법원에 공소하였고
검사의 공소는 기각되고
그의 공소만 인정되어 고등법원에서는
이 년간 집행유예의 판결을 받았다
대저 대한민국 영토는
한반도와 그 부속도서로 되어 있기에
그때만 해도
국토 안을 오가는 것은 죄가 될 수 없었다
다만 반국가단체 구성원과 협의한 사실을 이유로
완전한 무죄가 되지 않았다
그리하여 그는 출옥하게 되었다
집을 떠난 지 실로
이 년 만의 귀가였다.

47

감옥에서 풀려나온 그는 한동안
조용히 집에서 휴양하였다
그의 통일 정책이
이승만 정권에게 도통 통하지 않는다는 것은
평화 통일을 주장한 대통령 후보 조봉암이
간첩으로 몰려 투옥 사형되는 것으로
너무도 분명하였다

그는 생각하였다
'민족은 통일되어야 할 것이다
역사는 민족의 통일을 끝내
이룩하지 않을 수 없도록 강요할 것이다
그 통일은 평화적 공존을 기초로
기성세대가 아닌 젊은 세대가
진정한 역사의 길을 개척함으로써만
이루어질 것이다
그렇지만 현실은
통일에 뜻 둔 자들은 힘이 없고
힘이 있는 자들은 뜻이 없으니
이제 이 사회의 젊은 생명들과 함께
하루하루 힘을 쌓아야만 한다
그리고 이 작은 힘들은
물방울들이 모여 큰 강을 이루듯이
민족의 평화적 통일을 향해 모이고 모여
드디어는 어머니의 진통을 강요하는
세찬 힘으로 자라야만 한다'

그는 새싹들이 잠을 깨는 봄이 오기까지는
말을 하지 않기로 했다
새 생명들이 눈을 뜨는 새벽이 오기까지는
손짓을 하지 않기로 했다
그저 잠자코 스스로의 힘을 기르는 일에
부지런하기로 했다
그리하여 팔 월 한 달 시험 준비를 거쳐

고려대 경제학과에 편입하였다
그것은 경제 활동이 사회 변동의
가장 중요한 요인이라고 느낀 때문이었다

경제학도로서 그가 얻은
가장 소중한 결론은
역사 창조의 주체인 민중이
억압당하고 수탈당하는 상태에서는
결코 민족의 통일이
이루어질 수 없다는 사실이었다
민중이 민족의 알맹이가 되어
사회를 움직일 수 있을 때
분단의 철조망을 제거할 수 있다는 인식이었다
그리하여 그는
농업 문제 연구회와 노동 문제 연구회에 가담하여
민중의 힘이 성장하는 데
밑거름이 되기로 했다.

48

그가 농업 혹은 노동 문제 연구회에서
열띤 토론을 벌이고 있을 때
나는 농토 한 평 없는 농민의 아들로서
걸음마를 배우고 있었다
그로부터 삼십 년 가까운 세월이

무자비하게 흐른 후
어느 허름한 출판사 사무실에서
가냘프나 깊은 목소리의 그를 만났다
그는 판금된 한국 노동운동사의 저자였고
그걸 인연으로 그의 생애를 알게 되었다

그의 생애를 통해
내가 체험하지 못한 시대를
우선 나의 삶에 수용할 수 있게 되었으며
글 쓰는 자는
의미 있고 중요한 개인의 체험을
모두의 체험으로 전환시킬
의무가 있다고 생각하였다

하지만 그간 삼십 년 중에
십여 년을 옥에서 보낸
또 다른 고난의 사연에 대해서는
아직 입을 열기를 꺼리고 있다
이제 평화 통일은 공공연히 말하지만
상황은 별로 나아진 것이 없다
그 상황이 그의 입을 다물게 한다.

49

미끈하게 잘 닦인 통일로를

버스를 타고 가며
압록강까지 두만강까지 달리고 싶은 마음이
산불 같았지만
문산에서 내렸다
그리하여 파주 종합고교에 들어섰다

임진강을 가장 가까이서 볼 수 있는 곳은
반구정이나 임진각도 있지만
강물이 하얗게 몸부림치는 모습은
일제 때는 신사가 있었던 산언덕
파주 종합고교 운동장에서
가장 사무치게 절실하다
저 삼엄한 철조망 사이로
강물은 과연 어떻게 숨쉴까
상처받은 짐승처럼 신음하며
몸을 뒤집는 모습이 손에 잡힐 듯하다
그렇지만 막상 내 손은
강물에 가 닿지 못한다

그의 설계대로
저 쑥대밭과 지뢰밭이
청년 공동체 운영 도시가 되어
도로가 뚫리고 빌딩이 들어서고
평화의 문화가 태양처럼 빛나는
그날을 꿈꾸어도 좋을 것인가
무기가 모두 거두어진 임진강이

남북의 청년들에게 화해의 세례를 베풀고
공동체를 기르는 젖줄이 되는 날을
그냥 기다려도 좋을 것인가.

50

들판에 곡식이 사라질 무렵
문산에 가서 보았다
길바닥에 퍼질러 앉은 늙은 농부 앞에서
꿰미에 일렬종대로 묶여
맹렬히 헛발질하는 게의 무리를
이제는 농약 때문에 논에서 밀려
저수지 수로 같은 데나 살지만
여전히 논게라고도 불리는
임진강의 참게
좁쌀만 한 눈을 안테나처럼 세우고
하염없이 두리번거린다

너의 쓰린 눈에 보이는 것은
아스팔트나 현란한 간판이 아니라
돌아가지 못할 너의 고향
갈대밭이나 뻘흙일 것이다
너의 집게발에 놀라 허겁지겁 도망가는
개구리나 피라미일 것이다

봄이면 물따라 올라왔다가
가을이면 다시 강으로 가는
너희들의 오랜 습속을 지켜
북녘 개울 남녘 개울 가리지 않고
지뢰밭이나 철조망을 넘나드는 동안
네 등뒤로 휴전선은 몇 번이나 그어졌나

하릴없이 통일로를 타고 올라와
몇 번이나 검문을 받으면서
임진강 근처를 헤매이다가 돌아오는 길에
문산 버스 정류장 앞에서 보았다
꿰미에 단단히 묶여 있는 나의 분신을.

이 장시의 이야기는 원고 상태였던 김낙중씨의 자전적 수기 『굽이치는 임진강』에서 가져온 것이다. 참고로 김낙중·김남기의 『굽이치는 임진강』(삼민사, 1985)과 5월시 동인시집 제5집 『5월』(청사, 1985)의 초판 발행일이 같다.

지역문화 특집: 평론

지역문화론

김진경

1. 반성과 전망

곁눈질할 틈도 없이 하루가 다르게 변해 가는 1980년대의 상황 속에서 우리가 동인 활동을 해 온 5년은 퍽 긴 세월이다. 더구나 일본에의 더욱 철저한 예속을 통한 분단의 영구화냐 아니면 자주적인 평화 통일이냐의 갈림길이 점점 분명하게 드러나고 있는 상황이고 보면 사회, 문화운동 전반 속에서의 동인 활동의 역할이나 방향 등을 엄격하게 재검토해야 할 필요성을 느끼게 된다. 1980년 5월의 충격이 분단을 수락한 상태에서의 뿌리내림이 거짓이라는 깨달음이었다면 분단의 영구화냐 평화 통일이냐의 갈림길이 점점 분명해지고 있는 지금의 상황은 5월 상황의 전면적 구체화라 할 수 있다.

우리는 심한 압박감 속에서 이 시대를 살고 있다. 그 압박감이란 결단에의 당위적 요구에서 오는 것이다. 우리는 1980년 눈에 보이는 이러저러한 죽음들 앞에서 돌발적으로 행했던 결단을 이제는 논리적으로 행해야 한다. 이것은 지극히 어려운 일이다. 우선 최대의 장애물은 판단을 위한 정확한 정보를 얻기 어려운 것이다. 전 민중의 사활이 걸린 문제에 대한 정보가 극소수 집단의 통제에 의해 차단·오도되고 있으며, 전 국민의 참여에 의해 이루어져야 할 결정들이 극소수인들의 자기 이해에 따라 행해지고 있는 것이다. 이것은 눈에 보이지 않는 민족에 대한 가해행위이다. 현대사회에 있어 정보의 가치는 거의 절대적이다. 제1세계의 제3세계에 대한 지배의 중요한 수단 중의 하나가 정보의 통제라는 사실만 보아도 이것은 분명하다. 제1세계가 정보를 독점하고 자기 이해에 따라 통제하여 분배하듯이 제3세계 국가 내에서도 지배계층이 정보 유통구조의 지배를 통해 정보를 독점 통제한다. 우리나라의 경우 1970년대 『동아일보』 광고 탄압 사태를 마지막으로 매스컴은 지배계층에 완전히 독점되었거니와 그 이후 정보 유통의 민주화를 위한 소형 매체 개발의 노력이 끈질기게 기울여졌다. 그 결과 뚜렷한 방향을 지닌 소형 출판사들이 나타났고, 이것을 기반으로 해서 1980년의 어려운 상황이 닥치자 무크지와 동인지가 나타나게 되었다. '5월시'도 물론 그중의 하나로서 출발하였다.

1980년 초반 상황은 1970년대를 통해 성장해 온 운동의 일시적 좌절과 상황을 예견할 만한 정보의 부족, 정보의 유통을 막는 극히 폐쇄적인 상황 등으로 인해 논리적인 방향성이 드러나지 않은 시기였다. 이러한 시기에 문학 무크나 시동인지의 역할은 직관적으로 상황의 본질을 드러내는 것이다. '5월시'의 경우 그 상황이란 특히 1980년 5월을 가리킨다. 5월이 1980년 상황의 전반을 규정짓는 역사적 사건이었던만큼 '5월시'에 부여된 몫은 단순한 시 동인지 이상의 것이었다. 그 이상의 것이란 물론 운동성을 뜻한다. 이것은 우리 동인들이 원했든 원하지 않았든 우리에게 주어진 상황의 몫이었다.

그러나 1980년대 중반을 넘어서면서 '5월시에 부과되었던 상황의 몫은 다소 덜어진 듯싶다. 사회, 문화운동 전반의 조직이 살아나고 유화 국면 속에서 연계를 이룰 수 있게 되어 어느 정도 논리적 방향성이 드러나게 된 것이다. 이러한 시기에는 직관적으로 상황의 본질을 파악해내는 시의 방식은 다소 주변적인 것으로 물러나게 될 것이다.

이렇게 변화된 상황 속에서 우리 동인들에게 다가오는 선택의 문제는 1980년 초반에 상황의 몫으로 '5월시'에 부여되었던 운동성을 적극적으로 살리느냐 아니면 일시적인 몫으로 치부하고 문학 고유의 영역으로 칩거해 들어가느냐이다. 이러한 물음이 유독 '5월시'에게 선택의 문제로 되는 것은 '5월시' 동인의 독특한 성격 때문이다. 가령 '시詩와 경제'와 같이 학생운동 출신들이 주축이 되어 있는 경우라면 이미 출발부터 운동성이 우위에 놓여 있기 때문에 동인 활동에서 조직적인 운동 양식으로 확산해 가면 그만이다. 또 '시운동'의 경우라면 처음부터 운동성을 고려하지 않았기 때문에 현 상황에서의 역할의 변화란 있을 수 없다. 그러나 '5월시'의 경우는 문학 고유의 영역에서 작품 활동을 해 오다가 1980년의 역사적인 사건을 계기로 모여져 운동성을 지니게 된 것이므로 이것이 선택의 문제로 되는 것이다. 어느 쪽을 선택하든 딛고 넘어가야 할 어려움은 있다.

우선 문학 고유의 영역으로 칩거해 들어가는 경우에는 그 방향성 자체가 문제로 된다. 그것은 곧 정치, 경제, 문학 등이 각각 별개의 영역이라는 것을 수락하는 것이며, 곧 분업체제를 승인하는 것으로 된다. 분업체제를 승인하는 것은 곧 문학의 언어와 일상어와는 다른 차원에 놓여 있다는 부르주아 문학관을 선택하는 것이다. 체제 쪽에서 일본에의 철저한 예속에 의한 분단의 영구화로 우리 사회를 유도해 갈 때 그 근거가 되는 계층이 중산층이라면 도대체 부르주아 문학관의 선택은 무엇을 의미하는가? 부르주아 즉 중산층을 기반으로 하는 문학관의 선택은 자신이 의도하든 안 하든 분단의 영구화라는 방향성에서 벗어나기 어렵다. 이러한 방향성은 1980년 5월의 주검들이 눈을 부릅뜨고 지켜보고 있는 한 적어도 우리 동인들에게는 선택 불가능한 것이다.

운동성을 선택하는 경우에도 역시 어려움은 있다. 운동성의 선택이 정치, 경제, 문화를 동일한 차원에 놓는 것이라면 그것은 분업체제를 거부하는 문학관의 선택을 의미한다. 이 경우에는 선택한 문학관과 현실적 기반의 괴리가 문제로 된다. 철저한 분업사회에서 분업체제를 거부하는 문학관의 선택이 관념론으로 떨어질 위험성은 얼마든지 있다. 이러한 문학관의 선택이 최소한의 근거를 마련하지 못하고 관념론으로 떨어질 때 또 다른 방식으로 분업체제에 통합돼 갈 것이다. 그 또 다른 방식이란 문학을 포기하고 정치로 나가는 것이다. 이러한 체제에의 통합을 피하기 위해서는 분업체제를 거부하는 문학관에 적합한 최소한의 근거를 마련해야만 한다. '시와 경제'의 경우 그 근거로 마련된 개념이 '공동체共同體'인 듯싶으나 다소 관념적이라는 혐의를 벗어나기 어렵다. 아마 이러한 한계는 그들이 뿌리를 내리고 있는 학생운동의 한계일 것이다. 학생운동이 모든 운동의 교두보이긴 하지만 생활에 뿌리를 내린 운동과의 관계에 있어 연대 내지 지원 세력 이상이기는 어렵다. '공동체'가 동질적인 생활 기반 위에서 비로소 성립되는 것이라면 이것은 지극히 곤란한 일이다. 이러한 난점이 극복될 가능성을 보인 것이 노동자 시인 '박노해'의 시이기는 하나 그것이 '시와 경제'가 생활에 뿌리를 내린 분야별 운동에 뛰어드는 과정에서 얻어진 것이 아니고, 투고에 의해 얻어진 것이라는 점에서 역시 연대 내지 지원의 성격을 벗어나고 있지 못하다. '공동체'가 관념적이라는 한계를 벗어나기 위해서는 동질적인 생활기반을 토대로 하는 분야별 운동에 깊이 뿌리내리려는 노력이 긴

요하다.

그러면 '5월시'가 운동성의 방향을 선택할 때 그 근거로 마련해야 할 것은 무엇인가? 우리는 그것이 지역문화의 매체로서 지역의 분야별 운동에 깊이 뿌리를 내려가는 길이라 믿는다. 1980년대 초반에 '5월시'가 맡고 있던 몫은 '5월'을 중앙으로 끌고 오는 것이었다. 체제 쪽에서 '5월'에 대한 정보를 차단하고 '5월'을 광주의 특수한 문제로 호도하려는 상황에서 이것은 우리 동인에게 부여된 필연적인 몫이었다. 그러나 운동조직이 부활되고 어느 정도 논리적 방향성이 드러난 상황에서 '5월시'의 몫은 지역으로 내려가 지역문화의 매체로서 뿌리를 내리는 것이다. 1980년대 전반에는 '5월'로 상징되는 상황에 대한 부분적 직관적 파악이 전위적 역할을 할 수 있었지만 이제는 그렇지 않다. 지금은 그것에 대한 논리적 총체적 파악이 요구되고 있다. 이 논리적 총체적 파악을 위한 작업의 성격 자체가 '5월시'로 하여금 지역의 모든 운동에 깊이 뿌리 내릴 것을 요구하고 있다. 개인의 부분적인 체험이나 막연한 인상으로 상황에 대한 총체적 파악이 이루어지는 것은 아니다. 그 지역의 다양한 집단들의 삶에 깊이 뿌리를 내리어 그 다양한 삶의 양태들의 전형을 추출하고, 그 전형을 한민족의 삶의 전형으로, 더 나아가 제3세계적 삶의 전형으로 밀고 나갈 때 비로소 총체적 인식은 가능한 것이다. 또한 총체적 인식의 문제와 관련하여 검토되어야 할 것은 장르의 문제이다.

서정시 양식은 우리 동인에게 있어 출발의 양식이다. 삶에 대한 직관적 파악이 서정 양식의 본질이라면 그것은 출발점 이상일 수 없다. 그러나 출발이 또한 돌아옴의 시작이라면 서정 양식은 귀착점을 의미하기도 할 것이다. 우리 동인은 출발과 돌아옴을 동시적인 하나의 점으로서 파악하는 서정 양식이 아닌 출발과 돌아옴을 하나의 과정 자체로 원으로 파악하는 총체적 장르의 획득을 희망한다. 우리는 이러한 장르로 서사적 장시에 기대를 걸고 있다. 우리는 서사적 장시를 지역성 장르로 규정하고 있다. 지역성 장르란 우선 도시적 생활양식만을 기반으로 해서는 불가능한 장르를 가리키는 말이다. 서사적 장시는 그 양식 자체가 농촌 혹은 도시 빈민 출신의 지식인에게 적합한 양식이다. 고향을 떠나서 낯선 곳을 편력함으로써 비로소 고향의 진정한 가치를 발견해 내고 그것을 고향 사람들에게 되돌리는 농촌 출신 지식인의 의식의 회로를 비교적 완벽하게 드러낼 수 있는 장르가 서사적 장시이다. 이 장르는 물론 더 크게는 제 1세계적 삶의 양식을 편력함으로써 비로소 제3세계적 삶의 고유한 가치를 발견하게 된 과도기적 지식인의 장르이기도 하다. 그러나 우리가 이 장르를 한국의 혹은 한민족의 혹은 제3세계의 고유한 장르로 규정하기 전에 지역성 장르로 규정하는 것은 민족 내부의 이질화 현상이 심각한 상태라고 판단되기 때문이다. 내부적으로 계층과 계층 사이에, 지역과 지역 사이에, 남과 북 사이에 이 이질화 현상은 심화되고 있다. 우리는 서사적 장시의 양식이 이 이질화 현상을 극복해 내고 민족을 고유한 동질성 속으로 부르는 문화적 장치이기를 바란다. 그럴 때 비로소 지역의 의미는 확대되어 한국 혹은 한민족 혹은 제3세계로 될 것이다.

2. 지역 문화의 의의

오늘날의 국제 관계를 특징짓는 것은 지배와 종속의 관계이다. 중심부인 미국과 아중앙亞中央인 일본에 대한 주변부로서의 한국, 지배, 종속의 국제 관계에 변방으로 편입된 한반도에 민감한 냉전의 촉수가 움직이고 있고, 그 냉전의 촉수는 핵으로 무장되어 있다. 경제적으로도 선진공업국의 노동집약적 사양산업과 공해산업을 하청받음으로써 경제적 예속은 물론 공해로 인한 삶의 파괴는 심각한 상태에 이르러 있다.

오늘날 우리 사회에 횡행하고 있는 신식민주의 문화는 우리로 하여금 서구인의 입장에서 사고하게 함으로써 이러한 참혹한 현실을 당연한 것으로, 더 나아가 다행한 것으로 받아들이도록 유도하고 있다. 온 민족을 전멸시킬지도 모를 핵무기의 반입을 힘의 우위를 통한 전쟁 억제라 하여 다행스럽게 생각하는 것이야말로 미국인 그것도 극우적 성향의 미국인의 입장에서 사고하는 것이 아니고 무엇인가? 동족을 막기 위해서 일본에의 예속도 사양하지 않는 것이야말로 일본인 그것도 극우적 일본인의 입장에서 사고하는 것이 아니고 무엇인가? 문화적 지배와 종속의 관계는 비단 여기에서 그치는 것은 아니다. 오히려 지배, 종속의 문화 구조가 극명하게 드러나는 것은 제1세계에서 제3세계로 정보가 흘러들어올 때보다 제3세계에서 창출된 정보가 제1세계로 흘러나갈 때이다.

단적인 예로 1970년대 이후 한국에서 창출된 민중문학이 일본에 수용되는 과정을 들어 보자. 최근에 나온 일본문학사에는 1970년대 한국 민중문학의 대명사라 할 수 있는 '김지하'의 문학이 일본 문학으로 취급되어 한 장을 차지하고 있다. 또 1980년대 초의 문학운동이 해외문학으로서가 아니고 '민중문학의 최첨단'이라는 제목으로 일본 문학잡지에 소개되어 있다. 이것은 제3세계 문학을 들먹이는 일본의 진보적 지식인들조차 한국문학을 일본의 한 지방문학으로 취급하고 있음을 말해 주는 것이다. 다시 말해서 진보적임을 자랑하는 일본의 지식인들도 국가주의의 한계 안에서, 즉 지배와 종속의 신식민주의 문화 구조 안에서 움직이고 있음을 말해 주는 것이다.

이러한 지배와 종속의 관계는 국내적으로는 중앙과 지방의 관계로 내면화되어 있다. 정보 유통의 매체를 비롯한 지식산업이 중앙에 집중되고 그 지식산업을 지배하는 집단의 감수성과 판단 기준이 '보편적'이라는 허울을 쓰고 군림하고 있다. 이렇게 함으로써 지역 문화에 중앙의 기준으로 자신을 맞추려는 성향이 팽배해 있다. 지역의 문화가 자신을 세계의 중심으로 생각하지 않고 중앙을, 더 나가서는 중앙의 중앙인 서구를 세계의 중심으로 생각하는 것이야말로 주체를 상실한 것이며, 종속이다. 우리는 매일매일 이러한 문화적 종속을 실감하며 살고 있다. 서구적 생활양식을 지선의 것이라고 은연중에 강요하는 TV의 화면들, 서구화가 곧 진보이고 발전이라고 강요하는 각종의 정치 선전들, 사회, 경제, 정치 등의 중요한 문제들은 위대하신 분들께서, 더 나가서는 제1세계의 위대한 나라들이 잘 알아서 처리할 것이니 너는 잠자코 앉아서 네 맡은 일이나 열심히 하다가 선진국이 되면 기뻐하기나 하라는 은근한 협박들이 바로 그것이다. 이처럼 순간순간 저항할 틈도 없이 달려드는 왜곡된, 정보의 홍수는 우리의 의식을 마비시키고 있다.

그러면 이러한 현실을 극복하는 방법은 무엇인가? 그것은 우선 지역문화가 자신을 세계의 중심으로 세움으로써 정보를 받아들이기만 하는 피동적인 위치에서 벗어나 스스로의 가치 있는 정보를 창출해 내고 그것을 전파하는 능동적 위치로 나아가는 것이다. 이러한 능동성의 확보는 물론 지역의 삶에 뿌리 내린 다양한 운동을 통해 가능하다. 삶에 뿌리 내린 실천과 그것을 이론화하는 순환 변증법적 상호작용 속에서 비로소 가치 있는 정보는 창출될 수 있다.

그다음으로 필요한 것은 지역문화가 창출해 낸 가치 있는 정보가 중앙집권의 유통경로에 의해 왜곡되지 않도록 하는 노력이다. 중앙집권의 지식산업은 의식 혹은 무의식적으로 자신의 판단기준에 따라 가치 있는 정보들을 차단하거나 왜곡시킨다. 따라서 이러한 중앙집권의 유통 경로를 거치지 않는 지역문화 사이의 정보유통 구조가 절대 필요하다. 이 유통구조를 통해서 지역 문화 사이의 연대가 이루어지고, 지역문화가 하나의 세력권을 형성할 때 비로소 중앙의 문화는 중앙의 문화에서 하나의 대등한 지역문화로 될 것이며, 다른 지역에서 창출된 정보들을 자신의 판단 기준에 따라 선별 왜곡하여 자신의 문화로 독점하는 기생적인 상태에서 벗어나게 될 것이다. 한국의 문화는 이러한 자생하는 힘들의 유대를 통한 변증법적 통일이어야 한다. 그럴 때 한국의 문화는 미국 일본 등의 제1세계 문화의 지방문화, 종속문화의 위치를 벗어나 대등한 문화로 될 것이며, 제3세계 문화로 자신을 확립하게 될 것이다. 한국의 문화가 자신을 세계의 중심으로 세우는 이 과정이야말로 바로 한반도가 외세의 힘에 의한 분단에서 벗어나 자주적인 평화 통일을 향해 가는 과정이다.

그러나 우리들의 지역문화에 대한 논의가 여기에서 그친다면 그것은 순진한 민족주의, 혹은 향토주의, 혹은 폭력적 이분법二分法이라는 비난을 면하기 어렵다. 왜냐하면 중앙과 지방의 지배, 종속 구조는 중앙문화권인 서울 내에도 지역 내에도 계층과 계층 사이에 존재하고 있기 때문이다. 서울 내에서도 도시 빈민층, 노동자층의 문화는 상부 계층의 문화에 대해 종속관계 에 놓여 있다. 지배문화는 자신의 판단 기준을 도시 빈민층과 노동자층에게 주입시킴으로써 그들로 하여금 지배층 내지 중산층의 입장에서 세계를 바라보도록 유도하고 있다. 지역 내에서도 역시 농민, 노동자, 도시 빈민 계층의 문화는 종속관계에 놓여 있다, 그렇다면 지역문화는 중앙권 내에서의 지방이자 지방 내에서의 지방인 이들 계층을 세계의 중심으로 세우는 문화가 아닌가? 물론 그렇다. 그렇다면 이미 민중 문화란 말이 있는데 구태여 지역문화란 용어를 사용하는가? 이에 대해서는 원칙적인 두 가지 이유와 현실적 이유 하나를 들어 볼 수 있다.

원칙적인 첫 번째 이유는 운동 단계에 관련된 것이다. 이제까지는 문화운동이 다분히 지식인 운동의 성격을 띠고 있었기 때문에 자연히 지식산업이 집중되어 있는 중앙 문화권 내부의 이념 싸움으로 되었다. 그러나 앞으로 생활에 뿌리를 내린 분야별 운동이 주도하는 단계로 넘어간다고 할 때 문화운동 역시 지역의 개념을 고려해야만 한다. 왜냐하면 생활에 뿌리를 내린 분야별 운동은 같은 생활권 내에서의 연대를 통해 힘을 발휘할 수 있기 때문이다. 함평 무안의 농민운동은 별도의 글에서 살펴보겠지만 이러한 점을 증명해 주고 있다.

두 번째는 계층성을 강조한 민중문화 개념만으로는 중앙집권화된 국제 문화 유통구조 속에서의 왜곡을 피하기 어렵기 때문이다. 앞에서 든 일본의 예에서 볼 수 있듯이 민중 개념이 계층적인 개념으로만 강조될 때 제1세계 내의 계층 간의 문제와 동일시되어 왜곡당하기 쉽다. 이러한 어려움을 극복하기 위해서는 민중 개념이 민족 개념으로 완성되어야 한다. 이제까지 민중문화를 민족문화로 늘 거론해 왔지만 민중문화와 민족문화 개념 사이에 극복되지 않는 이론적 틈이 있어 왔음도 사실이다. 앞에서 살펴보았듯이 민중문화가 지역 단위로 형성되어야 할 단계에 와 있고, 민족문화가 어느 정도 지역적 의미를 지닌다면 지역문화 개념이야말로 민중문화를 민족문화로 완성시킬 수 있는 절대의 매개항일 것이다.

그런데 문학 쪽에서 보면 현실적인 문제는 출판문화의 유통구조와 관련된다. 운동으로서의 문학이 기존의 상업적 유통구조를 확산의 수단으로 사용하더라도 최소한의 근거로서 지역별 분야별 운동 내에 회원적 성격의 유통구조를 마련함이 원칙인데 앞으로의 출판계 전망으로 볼 때 이것이 현실적인 문제로 부딪쳐 올 것이라는 것이다. 올림픽을 계기로 조만간 지식산업 분야에 외국 자본이 본격적으로 들어올 것이고 그에 따라 외국 저작권이 보호되는 경우 1970년대 이래 문화운동의 중요한 기반이 되었던 소규모 출판사들은 심각한 타격을 입게 될 것이다. 문화운동의 중요한 매체인 이 소규모 출판사들이 존속할 수 있는 기반을 마련하는 것은 1990년대를 바라보는 문화운동에 지워진 무거운 짐이다. 더구나 대형 서점이 상업적 유통 구조를 독점해 가는 추세이고 보면 이것은 더욱 절실한 문제이다. 이러한 문제를 해결하기 위해서는 회원적 성격의 유통 구조의 확대와 그것을 통해 준회원적 독자 기반의 확충이 절대적으로 필요하다. 이 확대 작업은 전략적으로 지역 단위의 문화운동, 분야별 문화운동을 필요로 한다. 이러한 기반이 확립될 때 비로소 다국적 지식 산업의 상륙과 함께 본격화되는 신식민주의 문화 침투에 대항하는 1990년대의 문화운동이 성립될 수 있을 것이다.

이상과 같이 살펴볼 때 지역의 시동인, 무크지 동인들의 대부분이 교사라는 공통점을 지니고 있는 것은 크나큰 행운이 아닐 수 없다. 이러한 조건은 우선 지역 문화운동과 분야별 운동으로서의 교사운동과 행복한 일치를 가능하게 한다. 또 내면적으로도 지역 문화운동과 교사운동은 동일한 성격을 지니고 있다. 지역 문화운동은 이 밖에 가능한 많은 커뮤니케이션 회로를 확보해야 한다. 『삶의 문학文學』 제6집의 농민시 작업 등은 이러한 점에서 돋보이는 바 있다.

3. 지역성 장르의 개발

문학이 한 사회와 집단의 문제를 개인을 통해 드러내는 것이라면 훼손된 삶의 편력을 통해 진정한 삶의 가치를 발견해 내는 것은 그러한 개인의 의식의 회로를 드러내는 장르의 문제로 된다. 특히 '훼손된 삶의 편력을 통해'라는 단서는 그 장르가 총체적이어야 함을 지적한 말이다. 1970년대, 1980년대 전반의 문학은 아직 이러한 총체적 장르를 획득하고 있지 못하다. 1970년대 문학의 상한선인 황석영의 『객지客地』를 비롯한 일련의 작품이나 조세희의 『난장이가 쏘아 올린 작은 공』에도 이 말은 해당된다. 왜냐하면 이 작품들은 훼손된 삶의 과정이 곧 진정한 삶의 가치를 찾아가는 과정이라는 변증법적 인식에서 출발한 것이 아니라 옳고 그름에 대한 윤리적 판단에서 출발하고 있거나, 그러한 변증법적 인식이 나타나더라도 단편적인 것으로 그치고 있기 때문이다. 『객지』의 경우 그 주인공이 뜨내기 노동자임으로 해서 단편성을 면하지 못하고 있다면, 『난장이……』는 윤리적 판단에서 출발하고 있다. 윤리적이라는 것은 곧 1970년대의 노동 문제가 지식인의 관념, 즉 이념적 차원에서 드러내지고 있음을 의미한다. 1970년대 문학의 이러한 한계는 곧 1970년대 운동의 한계라고 할 수 있다. 운동역량이 충분히 성장하지 못한 상태에서는 새로운 문학의 과제가 자기정립에 있는 것이기 때문에 우회적 회로(훼손된 삶을 통한)를 거쳐 자신을 표현할 여유가 없다. 우회적 회로를 거치지 않고 직접적으로 '진정한 삶의 가치'를 드러내려 할 때 문학은 단편적·시적임을 피하기 어려우며, 지식인 내부의 이념 싸움의 표현으로 되거나 그것을 위한 증거물로 될 것이다.

1980년대 초반에 바람직한 방향성을 지닌 소설이 나타나지 못하고 시가 그 전위적 역할을 하게 된 데는 상황의 몫도 있겠지만, 1970년대 지식인 내부의 이념 싸움이 불철저했다는 이유도 있다. 1980년의 상황은 1970년대의 이념 싸움이 넘어서지 못했던 선을 명확하게 보여 주었다. 1980년대 초반의 시의 역할은 이 한계선을 무너뜨리는 것이었다고도 할 수 있다. 이념적 싸움의 가장 첨예한 부분이 시로 표현된 것은 그 싸움이 극히 은유적 상태에서 이루어졌음을 말해 준다. 다시 말해서 분단 상황이 가하는 제약 속에서는 객관화시키기 어려운 부분임을 의미한다.

앞으로 1980년대 문학이 짊어져야 할 중요한 과제 중의 하나는 검열과의 싸움을 통해 이 은유적 상태의 싸움을 객관화시키는 것이다. 이러한 작업이 선행되지 않고는 총체적 장르로서의 장편소설의 출현은 기대하기 어렵다.

서사적 장시는 폐쇄적 상황의 한계 안에 갇힌 은유적 총체성의 표현이다. 사회의 내적 역량이 암묵적으로 형성된 새로운 가치를 총체적으로 드러내는 문제적 개인을 산출해 낼 만큼 성숙했는데도 불구하고 외부의 물리적 폭력이 그것을 가로막을 때 그 문제적 개인은 은유적인 상태로 된다. 분단상황이 가하는 제약 속에서 엄밀한 의미의 총체적 장르의 획득이란 불가능한 것이다. 이러한 상태에서는 자연히 성숙한 사회의 내적 역량은 전체성의 획득을 위해 통일을 지향한다. 이 통일을 지향하는 사회의 내적 역량이 바로 은유적 총체성이다.

그러면 은유적 총체성은 그것을 표현하는 장르와 구체적으로 어떻게 관련되는가? 그것은 은유적 상태로 된 문제적 개인을 통해 표현된다. 예를 든다면 황석영의 『장길산』이라든지 박경리의 『토지土地』 같은 경우이다. 황석영의 '장길산'은 은유화된 문제적 개인이다. 과거의 '장길산'은 현재의 문제적 개인에 대한 은유이다. 즉 과거를 통해서 현재를 이야기하고 있는 것이 황석영과 박경리의 대하소설이다. 박경리의 『토지』가 현재와 가까운 시대로 내려올수록 지리멸렬해지는 것은 한국 문학에서의 총체성이 은유적 형태로만 가능함을 증명해 준다. 그런데 은유의 방식에는 현재를 과거에 비유하는 방법만이 있을까? 현재를 현재로서 이야기하는 은유의 방식은 없을까? 이렇게 물을 때 우리가 대답으로 꼬집어 낼 수 있는 것 중의 하나가 서사적 장시이다. 서사적 장시는 당대를 다루는 장편소설에 대한 은유이며 서사적 장시에 등장하는 문제적 개인은 은유화된 문제적 개인이다. 은유적 총체성을 표현하는 장르로서의 서사적 장시의 가능성을 본격적으로 보여준 것은 1970년대에 쓰인 김지하의 담시들이다. 「오적」, 「소리 내력」 등의 담시에 등장하는 인물들은 우리 시대의 전형적 인물들이다. 그러나 1970년대에 쓰여진 김지하의 담시들은 그 폭에 있어 총체성에 값할 만큼 크지 못하다. 1980년대에 쓰인 대설大說 「남南」은 이러한 폭의 문제를 해결하긴 했지만 지나치게 은유화됨으로써 전형적 인물의 표현에 실패하고 있다.

그러면 은유적 총체성을 표현하는 서사적 장시의 보다 진전된 형태는 어떤 것일까? 문학에서의 총체성이란 우선 삶을 순간으로 파악하는 것이 아니라 과정으로 파악하는 것이다. 다시 말해서 총체성이란 한 개인의 깨달음의 순간을 표현하는 것이 아니라 깨달음의 순간에 이르기까지의 과정을 더 중요시하는 것이다. 왜냐하면 총체적 장르가 의도하는 바가 한 개인의 운명 자체를 드러내는 것이 아니라 그것을 통해 드러나는 구체적이고 전체적인 사회 모습의 표현에 있다면 그것은 깨달음의 순간이 아니라 거기까지의 과정에서 이루어질 것이기 때문이다. 이러한 의미에서 노동자, 농민, 지식인을 묘사하겠다고 덤비는 것은 적어도 창작하는 자에게 있어서는 관념이다. 인간은 과정이지 도달점이 아니다. 노동자로서 자각한 노동자가 있는 것이 아니라 노동자로서 자각해 가는 과정에 있는 인간이 있을 뿐이다. 창작하는 자는 노동자를 그리는 것이 아니라 그 과정에 있는 인간을 그리는 것이다.

노동자를 노동자로서 그리는 것은 관념이다. 이러한 관념은 새로운 문학이 초보적인 단계에서 이념적인 자기 정립을 위해 싸울 때 필요하다. 그러나 운동의 단계가 지식인 운동의 단계에서 생활에 뿌리를 내린 분야별 운동의 단계로 넘어갈 때는 새로운 문학도 성숙해야 한다. 실제 생활해 가는 사람들을 살펴보면 노동자를 노동자로 보는 것이 얼마나 유치한 관념인가가 금방 드러난다. 그들은 그것이 훼손된 것이든 어쨌든 깨뜨리기 어려운 생활의 리듬 속에서 살고 있다. 한 개인으로서 이 리듬을 깨뜨린다는 것은 죽음처럼 어려운 것이다. 그렇기 때문에 지식인이 섣부른 관념으로 이 리듬을 깨뜨리려 할 때 지식인의 이념적 방향성이 옳고 그름에 상관없이 심한 거부반응을 나타낼 것이다. 어느 계층이든 자기 계층의 생활의 리듬을 유지함으로써 생활을 안정시키려는 본능을 지니고 있다. 이러한 보수적 본능을 깨뜨릴 수 있는 것은 집단적 자각뿐이다. 이 집단적 자각의 과정은 한 인간이 노동자로서 혹은 농민으로서 자각해 가는 과정이다.

진정한 리얼리즘의 문학은 한 집단의 훼손된 삶의 리듬을 묘사하는 데서 출발하여, 훼손된 삶의 과정 속에서 진정한 삶의 가치를 발견해 가는 과정으로 드러내야 한다. 이 과정은 다름 아닌 개인적 자각에서 집단적 자각으로 나가는 과정이며, 지식인의 개별적 자각이 생활에 뿌리를 내린 집단들의 자각으로 확대재생산되는 과정이다. 그러므로 성숙된 단계의 새로운 문학은 지식인의 신념을 토로하는 문학이 아니라 훼손된 삶의 편력을 통해 진정한 가치를 발견해 가는 과정 자체를 드러내는 문학이어야 한다. 지식인들의 신념을 토로하는 문학은 일정한 생활의 리듬 속에서 살아가고 있는 생활인들에게는 폭력으로 느껴지기가 쉽다. 확대재생산되어야 할 것은 지식인의 일방적 신념이 아니라 거기에 도달하기까지의 과정, 의식의 회로 자체이다.

한국의 경우 그 의식의 회로는 농민이나 도시빈민 출신의 지식인이 제1세계적 삶의 편력을 통해 자신이 속했던 계층의 삶의 진정한 가치를 발견하는 과정이며, 노동자나 농민이 서구적 지배 문화의 편력을 통해 자기 계층의 삶의 가치를 자각해 가는 과정이다. 이러한 과정을 표현하는 문학 장르는 서구문화에 종속되어 있는 한국의 문화, 중앙의 문화에 종속되어 있는 지방의 문화 현실을 생각할 때 자연히 종속성의 극복을 지향하는 지역성 장르의 성격을 띠게 될 것이다.

4. 맺음말

이제까지의 지역문화에 대한 모든 논의는 결국 분단의 질곡을 부수고 반쪽짜리 총체성이 아닌 온전한 총체성을 향해 나가는 통일의 문제로 귀착된다. 이미 분단이 내면화되어 사회 내부의 이질화 현상이 심화된 상태에서 해방과 통일을 향한 민중에너지가 교환되고 집결되는 모든 유통경로는 폐쇄되어 있다. 우리들의 지역문화 논의는 이 폐쇄된 유통경로를 뚫는 것이어야 한다. 이제 민중문화에 대한 논의는 이념의 정립 단계를 넘어 민중 에너지가 분출되어 나올 수 있는 통로를 확보하는 구조적인 싸움의 단계에 와 있다. 민중 에너지의 자연스러운 흐름을 가로막는 중앙집권적 문화구조를 깨뜨리고 민주적 문화구조를 확보하는 것이 우리의 당면과제인 것이다. 지역문화는 바로 이러한 구조적 싸움을 위한 전략적 개념이다.

지역문화 특집: 공동창작 투고 시

들불야학

전남대 비나리패 공동창작

1

하늘 아래 엎드린 산과 들 강과 바다
그 위에 피어나는 모든 것을 태우는
노동의 어깨
찾아온 내일의 넉넉한 꿈을 위해
반딧불로 모여 책갈피를 넘기는
전라남도 광주시 광천동 공단번지
산으로 올라 봉화가 되고
들판에 번져 불바다를 이루는
들불야학
피어 거친 산하를 맨몸으로 내닫는
나날의 억센 노동과 피곤
분노와 굶주림의 길을 밟고 오는 사람들로 하여금
의지와 희망의 단단한 뿌리를 간직하게 하였느니
핏빛 물든 오월의 거리에선
쥐었던 주먹을 치켜들고
어둠을 찍어내는 무리가 되었느니
우리들의 들불야학
쉬지 않고 번져가는 불

2

1978년 3월
진달래 어린 꽃봉오리 움틀 때
저마다의 불씨를 빈손에 움켜쥐고
우리는 만났다
어스름 신안동 돌다리 옆
허기진 양푼 술잔을 기울이며
우리는 손을 잡았다
우리가 누리는 것은 모두가
땀 흘려 일하고 굶주림에 허덕이는
잘 익은 돼지의 허벅다리처럼
요리조리 뜯기기만 하는
노동의 가난한 피와 눈물
우리의 빚을 갚는 것은
우리의 것을 되돌리는 것
어울려 우리 것을 다시 찾는 것.
배움을 되돌리자
언제나 세상의 가장 밑구녘에서
밟히고 빼앗기고 채이는 이들을 위해
광주공단 깊디깊은 광천동에
손 모아 뜨거운 가슴으로
불을 피우자
우리들의 크낙한 사랑을 나누자

3

서로의 열린 가슴
뜨거운 햇살 지고 밤이면
그리운 가슴 속
천 길 별빛이 반짝이는 날,
서투른 글씨의 광고용지를
공단거리 돌아서 지천으로 붙였다
그렇게 찾아든 광천공단 불씨들에
그리운 형제 박기순 신영일 임낙평
이경옥 나상진을 강학이라 이름하고
빈민촌 시민아파트 영철형까지
우리들 마흔다섯은 피어 올랐다
좁은 창살 가득 녹때만 묻어나는
광천 성당 벽창고,
몇 년째 쌓인 먼지 툴툴 털어
우리의 것은 우리가 만들자며
가난한 서로의 주머니를 털어
각목을 사오고 책상을 만들고
헤진 벽을 발라
모두들 기운차게 노래불렀다
'너희는 새벽이다 밝아오른다
너희는 새암이다 솟아오른다
심지에 불 댕기고 앞에 나서자
민족의 새 아침이 바라보인다
땀과 눈물 삼키면서 뛰어간다

친구 사랑하는 친구 들불이 되어'

4

'날마다 출근할 때 친구들이 교복을 입고 뻐기고 다닐 때의 그 챙피, 그러나 교복을 입지 않았더라도 낮에는 일하고 밤에는 배우는 가난한 우리들이 서로 돕고 서로 사랑하는 배움의 집, 들에 핀 꽃처럼 꺾이지 않고 굳세게 살자는 우리들의 들불야학. 한 달의 봉급을 타면 희망찬 설계로 미래를 꿈꾸는 우리들, 소녀의 꿈은 자신은 배움의 슬픔을 알았으니 동생들은 떳떳이 남에게 지지 않게 키워보겠다는 신념, 오늘도 그 꿈을 생각해 보며 희망에 찬 걸음으로 생활해 간다'

'어려 꿈은 산산이 부서지고
풍상 같은 한 세상을 사노라면
천한 이 한 목숨 이어가려
몸부림쳐야 할지라도
허영은 부리지 않겠노라
슬퍼하지도 않으리라'
가시처럼 박혀
잊지 않고 언젠가
보드라운 너희들 속살을 찌르는
맑고 앙칼진 한 송이 들꽃으로 살아가리라

5

새벽 단잠을 차고 일어나
주름살 깊이 패인
어머니 일손을 돕고 서둘러
국민학교 적 들고 다니던 보자기에
낮참 도시락을 들고 나서는 아침
커다란 방직공장 정문에는
"노동자를 내 몸 같이" 말도 좋지만
정녕 너희들이 바라는 것은
노동자를 기계처럼 부리는 거
서방시장 기름집 틀에 부어 짜내는 참깨처럼
그렇게 짜내고 싶은 거,
귀 창을 도려내는 기계소리와
탁한 작업장 공기에 실려
정오를 알리는 괘종소리와 함께
열입곱 순이는 도시락을 깐다
매끄럽게 이빨을 피해 가는 보리알을 씹는다

6

광주공단 후진 곳을 누비는 우리는
이름도 없어, 다만 방직 공장 공순이
이발소집 똘만이
철제 파이프 공장 막둥이

그렇게 껴얹은 어깨 위에 불씨 위에
한때 두둑한 돈벌이를 찾아
서울로 취직하였던
상원이형이 함께 얹고,
학동 고아원에서 잔뼈가 굵은
불같은 성미의 용준이형도,
억눌린 누대의 서러움 뭉쳐
출세를 꿈꾸던 관현이형도
고시를 팽개치고 어깨 걸고 나섰다
혈기 왕성한 청년들과 함께한
빈민아파트 영철이형은
나날이 신협 자산금이 늘고
벗들도 늘어
이제는 어엿한 들불 패거리
지지 않는 영원의 불기둥

7

하루의 지친 노동에서 돌아와
새로 짠 교재의 노동법을 읽노라면
누가 알랴 우리들의 한과 분노
너희들을 감싸는 따스한 옷과
너희들의 화려한 호화주택과
너희들이 즐기는 나날의 환락은
모두가 뼈 절인 우리들의 광천동

굶주려 밤잠마저 설친
철야 빵빵이로 이루어진 것
너희들이 뽑아내는 경제수치엔
가난의 서러움이 계산되지 않는다
부르튼 너희들의 비곗살을 깎아
평등의 그 나라를 기어코 이루리라
깊은 밤별이 창가에 서성이는 학당을 나와
가슴에 독한 은빛 칼날을 갈며
공부가 끝나고 합창하였던
동학년 죽창을 그리며
서둘러 골목길을 빠져 나간다

8

단발머리 기순이누나가 죽었다
눈은 내리고
그날 밤 펑펑 눈은 내리고
즐거웠던 모두의 저녁 수련회
둘러 앉아 소주를 사오고
값싼 노랑 닭발을 구운
초라한 노동의 밤
서로가 서로에게 힘이 되어 가는
우리들 들불 모두의 밤
이 시절 한반도에 태어나
대학은 다녀서 무엇 하냐며

두 팔 단단히 걷어붙이고 공장에 취직한
언제나 웃음을 잃지 않던
기순이누나는 죽었다
노동의 피로에 지쳐
끝까지 싸우자던 누나는
피어올랐다
가는 길 수만 리 머나먼 서쪽
어린 시절의 또록한
감꽃이라도 피었는지
그날 밤도 구성지게 노랫가락을 뽑던
연분홍 고운 기순이누나는
분홍빛 고운 꿈나라에
행복만 가득한 나라에 다다랐는지

9

새로 피운 들불 반 년
극락강 가까운 광주공단,
벌써 한 학년을 마친 1기생들이
후배를 찾아 전단을 붙이고
가까운 친구들을 하나씩 모아와
들불은 자랐다 아무도 모르게
학생들 수가 늘어났으니
우리도 반을 갈라 공부를 하자
부족한 강학도 새로이 데려오고

조금 더 힘을 내서 공부하자
가슴 속 뜨거운 불을 피우자
이월 들어 중순, 두 번째 학생들이 입학하는 날
눈 내리는 달밤의 라면국물로 배를 채우고
수업시간 끝난 자정 넘도록 연습한
우리가 걸어왔던 서러운 세월
우리가 헤쳐야 할 내일을 막에 올렸다
'누가 아는가' 우리들의 고통을
누가 아는가 고통의 질펀한 이 시대를
모였던 우리들 학생들 강학들
지켜보던 수많은 광천동 사람들의
어디선가의 울먹임으로
연극은 끝났다 우리들의 연극은
봉제공장 시다역을 맡았던
열여덟 길자도 울어버리고
하나둘 차례대로 목을 놓았다
막이 내려 모두들 돌아가야 할 시간
서로는 발을 떼지 못하고 하나가 됐다
길길이 붙어내리는 풀지 못할 무엇으로
역한 술잔을 비우는 우리는 들불
친구 사랑하는 친구 들불이 되어,
연극이 끝난 마지막 술잔 위에 핀
들불 씨앗들의 또 다른 시작이었다

10

얼었던 무등산이 풀리고 하나 둘
겨울 방한복을 벗어젖힌 1979년의 봄
수상한 차림의 젊은 몇몇이
광천동 여기저기 기웃거리더니
갑자기 강학님 한 분이 떠나버리고
모두는 숨을 죽였다
잇따라 강학들은 어디론가 불려가고
그쳐버린 며칠간의 광천동에서
학생들은 모여서 가슴 조였다
숨죽였던 나날 겹쳐서
강학들 모두에게는 형사들이 따라붙고
경옥이누나는 집을 나와
어디론가 몸을 피했다
불길한 바람은 창문을 넘나들고
견디다 못한 몇은
다시 야학을 떠나고
학생들은 줄었다
오월 어느 시련의 날
함께했던 강학들에게
학교에서 빠짐없이 경고장이 날아오자
관현이형이 외쳤다 교내식당 벤치에서
'우리들은 문제학생이 아니다'
'우리들은 결코 불온분자가 아니다'
'우리들에 대한 탄압을 중지하라'

'스스로의 길을 포기할 수 없다'고

11

어느 가을 궁정동 파티의 총탄에
해를 잇던 폭정의 세월 한 겹 덮고
계엄령이 내린 반도의 구석구석,
우리는 조심스레 설렜다
억압의 시절 지나고
새 희망의 날
팽개친 고무신짝 같은 쓰레기통의
민주주의 떡잎이 피기를
학당 끝난 우리는 서로의 눈살 빛내며
은밀한 외곽지대 낮은 선술집
골방에 붙어 노래불렀다
참된 민주주의 그날을 위하여
우리가 다스리는 그 나라를 위하여
시간이 지나고 계엄령이 풀리고
학생들이 다시 수업을 시작한
겨울이 지났다
변한 건 없었다 다만
우리들의 다정한 관현이형이
총학생회장이 되어
우리들의 곁을 떠나갔을 뿐
그것은 우리들의 내일과 멀지 않은 길,

숨차게 발길을 뽑는 관현이형을 보며
우리는 자랑스러웠다
이 땅이 바라는 민주주의
새벽 기관차임이
언젠가는 함께할
부푼 싸움에의 희망이

12

사방은 뜨거워 각지에서 학생들은
유신잔당 퇴진 어용교수 퇴진
그리고 노동삼권 보장과 정치 일정 공개 등을 외치며
싸우고 깨어지고 다시 모여 싸웠다
도청 앞 광장에선 시민들이 모여
관현이형을 앞세운
몇 차례의 성토대회를 벌였고
시내를 돌아 횃불 행진을 벌였다
물결처럼 술렁이는 분수대 주위
한 번쯤 얼굴을 스친 이들은
떼지어 힘차게 춤을 추었고
횃불을 들었다
대회를 마치고 사라지던 그날 밤
우리들은 돌아왔다 평화롭게
우리들 중의 그 누구도
곧이어 찾아올 처참한 학살의 날들을

생각하지는 못하였다

13

밤을 지새인 도시의 끝
광천동 들불 학당에서 우리는
움츠려 귀를 모았다
여기저기 떠도는 얘기들을 모았다
학생회장을 하던 영어 강학 관현이형은
먼 길 남쪽 어디론가 몸을 숨겼다더라
서울에서는 즈네끼리 총싸움이 붙었다더라
수상한 소문이 입에서 입으로
얽힌 풀뿌리처럼
우리들 가슴에서 가슴으로 이어오더니
아아 오월 십팔 일
등교하던 학생들은
그날 밤 교정에 진주한 공수대에게
교문에서 돌을 던지다 붙잡혀
옷을 벗기고 곤봉으로 터지고 무릎이 까져
온몸이 피투성이가 되어 실려갔다더라
대인동 공용정류장 앞서부터는
환각제를 처먹은 공수부대가 들이닥쳐
거리를 쏘다니며 이리저리 날뛰며
사람들 사람들을 닥치는 대로 죽인다더라
대검으로 찌르고 개머리판으로

머리를 으깨어 쳐죽인다더라
치떨리는 가슴 불끈불끈 일어서는
도시의 끝 광천공단 들불야학에서
우리는 움츠려 귀를 모았다

14

모두들 모였다 학생들 강학들
때 묻은 국사교과서를 골방에다 처박고
가슴에 튀는 총탄
두 눈엔 독한 칼날 꽂고
우리들이 밤을 낮으로 삼아 배우던 그 자리
모두들 모였다 어디론가 몸을 숨긴
관현이형의 소식은 닿지 않고
헐렁한 회색 잠바를 껴입은
상원이형이 쉬지 않고 소식을 들여오고
낫을 갈아라 죽창을 깎자
우리들의 도시는 우리들이 지키자
우리도 무언가 일을 하자
병수의 삭월세 방값을 물려
벽지장 뭉치를 사오고
시험지를 밀던 기름 묻은 등사기를 가져와
여기저기서 날아든 소문
들불 식구들이 보고 들은 모든 것을
1기생 학섭이가 받아썼다

밤을 새워 등사기를 밀어
새벽 별 총총한 오월 이십일
우리들 모두는 뛰었다
품에는 '투사회보'를 들고
한편은 외곽도로를 지나 백운동으로
한편은 신안동 서방 지나 산수동으로
그리고 또 한편은 살기등등한 시내버스
칼날같이 몸을 숨겨 금남로 지나 도청 지나
학동 지나 남광주 지원동으로
선지피 낭자한 투사회보를
뿌렸다 남김없이
어디선지 모르게 총탄이
머리에 구멍을 뚫을지라도

15

진종일 비가 내리고 홍수처럼 진종일 비가 내리고
벗들 뜨거운 눈물처럼 하루는 비가
내리고
쓰러진 시체 위에 터진 구멍
핏자국 위에 펑펑 내리고
흘러 파도처럼 밀리던 금남로 지나
아직도 가시지 않은 차량 위의 불길 지나
북동 누문동 지나 양동을 지나
언젠가 벗들이 한 번쯤 들르던 유동 아세아극장 지나

기름처럼 갈앉지 않고 둥둥
어화 둥둥 피 흘러가는 비가 내리고
살아남은 이십육 일 용준이형은
오늘 밤 적의 공습이 있다는 말을 듣고
설익은 밥덩이를 씹으면서
먼저 간 기순이 누나를 생각할까
돌아서 이층 복도를 서성거리며
검은 총구만이 날카롭게 빛나는 어둠 속
투사회보를 밀던 들불 모두 들어와
오늘 밤 무장을 한 와이더블유씨에이
칼바람 몸을 숨긴 영일이형
건너 도청의 상원이형
영철이형을 생각하고 있을까
이층 끝 난간에 붙어 앉아
회빛 도시의 하늘을 응시하는
이따금 벗들에게 다가가
어깨를 다독거려주는 용준이형은
오늘 밤 무엇을 생각하고 있을까

16

탕—— 탕탕 탕탕탕—— 탕
어스름 걷히지 않은 새벽 네 시 십오 분
누군가 몸을 튕겼다 소리 질렀다
포위망을 좁혀 온다

맞서 싸우자
모두는 창틀에 붙어서 응사하였다
탄알마저 바닥을 내보이는
불꽃 튀는 공방전 이십 분
적군은 한 놈도 쓰러지지 않고
벗들만 하나씩 꺼꾸러졌다
몇 분이 지난 이층 난간에도
지지 않고 응사하던 물체 하나
둔탁한 쇳소리와 함께
허리 굽혀 몸을 비틀며
용준이형이 쓰러졌다
쓰러져 할딱거리는 분노는
멀리 무등산에 굵은 불기둥 펴 올렸다
피로 밝은 아침이 되자
살아남은 모두는 어디론가
굴비처럼 엮어서 실려가 버렸다

17

듣고 있었다 상원이형은
바로 앞 와이더블유씨에이에서
총탄 튀기는 소리를
콩볶듯 갈겨대는 엠 식스틴에 덮인
용준이와 명관이, 용호와
성섭이의 비명 소리를

모두는 초조했다
누구는 정문 누구는 상황실
또 누구는 지하실 시체들을 맡은
최후의 밤 죽음의 밤
멀리 포위망은 거미처럼 달려들고
상원이 형은 뛰었다 소리쳤다
벗들의 죽음 위에 우리들의 시체를 덮자
불꺼진 도청 앞과 뒤를
충혈된 얼굴로 숨차게 뛰어다니던 형은
붙어선 벗들의 어깨 위를 총구 위를
기었다 낮은 포복으로
사방이 포위된 네시 삼십 분
서문 바로 곁에서부터
공수부대가 밀려 들어와
뿜어대는 총탄
빗발치는 탄알 속에 피 울음 위에
상원이형은 총을 놓고 굴렀다
건너 금남로에 즐비한 빌딩 숲에서는
때아닌 불빛이 새어나오고
나뭇잎 한 잎도 떨지 않았다

18

아무도 입을 열어 말하지 않는
1980년의 겨울

무너졌던 건물들이 일어서고
또 계절이 지나가고 있었다
그 무렵 영철이형은
못견디게 뒤트는 조기의 목
머리를 맞박쳐 죽고 싶었다
돌아가 아직 누굴지도 모르는
하늘나라의 벗들을 보고 싶었다
그리고 살아남은 몇은 길을 나누어
누구는 화순군 한천으로
누구는 멀리 강원도 속초로
사북쪽 탄광으로 떠나갔고
어떤 이는 아직도 떠나지 못하고
날마다 텅 빈 금남로를 걷는
울분의 세월이었다
그중의 돈이 닿는 몇은
실려간 벗들에게
두꺼운 솜양말을 차입해 주었다

19

해가 바뀐 망월동 산허리에서는
젊은 두 넋을 기려 결혼식을 가졌으니
한동안 무녀의 걸진 굿판이 벌어지고
둘러선 그날의 벗들 형제들은
차마 뜬눈으로 지켜볼 수 없어

흰구름 떠가는 무등산을 치어 보았다
더 이상의 말도 더 이상의 슬픔도
한갓된 순간의 겉치레일 뿐
산허리를 베어 공군기지를 쌓는
그날의 무등산 그 곁 망월동
도청에서 산화한 상원이형께
그날 밤 하고픈 말 다 못하고
새벽꿈 연탄가스를 마시고 산화한
기순이누나는 우리들의 누나는
목각인형에 남색 관복을 두른
상원이형께 재배를 한다
오늘 밤 돌아가야 할 누나의 방
지나온 우리들 서러운 시절 모두는
눈물바다를 이루고
식이 끝나 기순이 누나가 해 온
비단 이불을 태웠다
살아서 못다 피운 불기둥이
멀리 무등산 상상봉 쪽으로
날으는 몇 점 가루되어 올랐다

20

영등포 공장에서 잡혀 온 관현이형은
문화동 교도소의 단식을 시작했다
밥알에 묻혀오는 나팔꽃 씨

뚜따따따 일어서는 피
이 방 저 방에서 터지는 고함 소리
뒤트는 고문 소리에 섞여
그곳에서 영일이형도 만났지만
몇 날을 두고 곡기를 끊어
전대병원 응급실로 옮겨졌다
거기에서도 채 몇 시간을 보내지 못한
학생들과 형사들의 줄다리기의 끝
"어머니 죽어도 좋아요"
"영일이도 빨리 입원해야 할 텐데"
몇 마디 남기고 숨을 거뒀다
시신마저 빼앗긴 그의 죽음
연일 신문을 오르내리며
불볕처럼 뜨겁게 들끓었지만
채 걷히지 않은
시대의 장막에 가려
사라져 갔다

21

우리들의 물결은 멈추지 않았다
가려져 다만
환락의 곁눈을 피해 있을 뿐
가슴 속 깊은 상처의 시절
우리는 하얀 수의를 입고

그 무엇으로도 이름할 수 없는
학살의 거리를 걷는다
해마다 그날이면 피어나는 꿈
한반도의 가장 외진 광주공단
광천동 천주교회 벽창고
그날의 얼굴 떠올려 불을 피운다
먼 대륙의 새로운 유행가조를 들으며
새로 박은 활자의 기름 냄새 위에
또다시 뭉싯뭉싯 피어나는 악의 꽃잎을 보며
타는 목젖을 꾹꾹 짓이겨
불을 피운다
복수의 처절한 최후에 깔려
불을 피운다 사방에
불씨로 흩어진 우리는

22

우리들이 이어갈 우리들의 땅
우리가 이끌어갈 우리들의 나라
우리만이 간직해야 할 우리들의 역사
부딪쳐 다시 깨어지고
실려가고 짓밟혀
선지피 붉게 터질지라도
그것은 우리들이 일구는 우리들의 꿈
광활한 호남벌 구석구석에

불 피워라 세 발 죽창을 깎아라
등짝을 꿰뚫는 큰 칼 갈아라
불 피워라 큰 칼 잡고 죽창 들고
반도를 목조르는 사방의 이리떼
제국주의 모가지 댕강댕강 후려치고
해방의 그 나라로 달려 나가자
파쇼의 허리춤 댕강댕강 후려치고
아침의 바다로 달려 나가자

—대표집필 : 윤정현

지역문화 특집: 그날의 기록들

들불야학과 5월

이 글은 광주지역 젊은 노동자들에게 커다란 불빛이었던 '들불야학'에 대한 체계적인 정리 작업의 일환으로 우선 그 기록의 편린들을 모은 것이다.

들불야학 학당가

너희는 새벽이다 밝아오른다
너희는 새암이다 솟아오른다
심지에 불 댕기고 앞에 나가자
민족의 새 아침이 바라보인다
땀과 눈물 삼켜가면서 뛰어간다
친구! 사랑하는 친구! 들불이 되어

들불야학이 창립된 지도 어언 7년이 흘렀다. 격변했던 1980년의 역사 속에서 광주의 정신과 함께 살아 숨쉬는 들불인들의 얼굴들이 하나둘 흘러간다. 하루 10여 시간의 노동의 피로에도 배움의 욕구로 학당에 나와 졸린 눈을 비비며 열심히 생활하던 노동 형제들, 참된 사랑의 교육을 행하려면 관념적인 이해나 동정의 차원을 벗어나 그들의 생활을 체득하여야만 가능하다면서 과감하게 대학을 뛰쳐나가 공장의 단순 노동자로 취직하면서 야학 강학을 했던 박기순(고 박기순, 당시 전대 국사

교육학과 3년 휴학, 광동공업사 취직 중 과로로 숨짐). 1979년 10·26 이후 민주화의 열기 속에서 전남대 총학생장으로 민주화 운동의 선봉에서 열렬히 살았던 관현이형(고 박관현, 1980년 전남대 총학생회장, 1982년 옥중 단식투쟁 중 숨짐). 1980년 5월 도청에서 광주시민의 염원을 마지막까지 사수하다 장렬하게 산화하신 상원형(고 윤상원, 5·18 광주시민투쟁위 대변인으로 활동중 5·27 새벽 계엄군 진입 시 숨짐), 5월 항쟁 중 광주시민의 귀와 눈이 된 「투사회보」(광주시내에 광범위하게 살포되어 신문 역할을 했던 시민 특보)를 제작하다 연행되어 실형을 살고 나왔던 야학 학생, 강학들, 용준형(고 박용준, 5월 27일 광주 YMCA에서 숨짐, 투사회보 제작팀)과 영철형(현재 좌수족 마비로 집에서 요양, 도청 집행부 기획실장으로 수형).

광주와 함께 살아왔던 들불의 모습이다. 1980년 5월 이후 들불야학은 자진 해체를 하였다. 모두들 숨을 죽여서 울었다. 학당에 있어야 할 수많은 얼굴들이 보이지 않는다. 사망자 4명, 요양환자 1명, 수감자 10여 명. 바람처럼 흩어지고 갈가리 찢겨진 들불의 모습이었다.

꿈

이양심(1기 학생)

어려 꿈은
산산이 부서지고
풍상 같은 한 세상을 사노라면
천한 이 한 목숨 이어가려

몸부림쳐야 할지라도
허영은 부리지 않겠노라
슬퍼하지도 않으리라

덕이 부족하여 겪는 고통
모질기도 하여라
모진 고난 이겨내고
쉬지 않고 뛰노라면
언젠가는 이 내 몸은
소원성취 하리라

노동야학의 '들불'

전통적으로 농업권에 둘러싸였던 광주에도 산업화의 물결에 밀려 공업단지가 형성되었던 때가 1969년부터, 즉 1970년대에 들어서면서부터이다.

> "광주 공단은 입지적 취약성, 자본의 영세성, 시장의 협소 그리고 강력한 지원책의 부재로 당초 의존하였던 유효노동의 흡수, 지역간 산업의 균등 발전을 통한 소득 증대 등의 파급 효과는 미미한 실정으로 낙후된 광주 지방 경제를 단적으로 대변해 준다."
>
> —「광주공단 실태 조사보고서」, 1979년 12월

위 보고서에서도 알 수 있듯이 극히 영세한 중소기업 단지로

1960년대 이후 정부에서 주도한 수출위주형의 고도성장 정책의 희생물이었다. 전남권 실향농민과 광주권 저소득층민들이 모여 있는 광천동 빈민지역에 형성된 공단인 것이다.

그런 저임금 저소득지대에 대학생 몇몇이 들락거리면서 야학이 생겨난 것이다. 밖으로는 1970년대를 알리는 전태일 분신자살이 있었고 학생운동층의 흐름이 단말마적인 정치운동의 양상을 벗어나 현장(노동, 농촌현장)론의 뿌리를 내려 새로운 방법을 모색해 나가고 있던 시기였다.

우리는 학생 신분으로서 노동운동, 지역 빈민운동에 참여하는 길, 또는 계기의 모색에서 시작하였다. 이런 상황 속에서 기존의 검정고시 야학에 대한 반성, 즉 검정고시를 목표로 하는 야학에 있어서 낮은 합격률과 합격해도 경제적 이유로 자학自學하지 못하는 경우를 목격하면서 검정고시 야학은 대부분이 노동 청소년들인 야학 학생들의 문제를 근본적으로 해결하지 못한다는 것, 야학 학생들의 가난과 고통의 근본 원인이 교육을 못받아 무능력하기 때문이 아니라 사회구조적인 면에 있다는 것을 깨닫고 그 구조의 희생자인 노동자들이 스스로 그 구조의 모순을 깨달아 자신의 문제는 자기 스스로 실천을 통해 해결할 수 있도록 교육하는 것이 필요하다고 생각하게 된 것이다. 다시 말하면 체계적인 노동교육을 거의 접할 수 없는 노동자들에게 현실생활에 도움이 되는 지식을 제공해 주면서, 사회구조에 대한 과학적 인식을 통해 비판적 인식을 강화시키고, 삶의 주체로서의 자각을 일깨워 준다는 노동야학의 입장에서 출발한 것이었다.

학당의 내적·외적 현황과 연혁

1. 소개에 앞선 몇 가지 넋두리

인간이 행하는 모든 작업은 인간을 위한 것이어야 하고, 그것은 인간적인 방법을 통해서 이루어져야 한다. 결국 인간이 귀향하고자 하는 것은 인간답게 사는 것이다. 그 출발점은 추상적이고 환상적인 미래도 아니요, 돌아갈 수도 없는 과거도 아닌 그야말로 구체적이고 살아 있음을 확인할 수 있는 생생한 현실의 장이다. 구체적인 현실의 장에서 살펴볼 때 학생-중산층 이상의 시민은 너무도 많은 혜택을 받고 있다. 객관적으로 보아 그것은 우리에게 주어진 경제적 조건과 그로 인한 교육·투자·건강·소득의 기회로 말미암은 경제적 풍요와 사회적 지위의 보장에 기인한다. (여기에서 개인적인 상당한 노력과 우연한 기회로 이룩된 것, 소수의 수재들—객관적으로 엄밀하게 평가할 수 없는 모든 것-은 제외한다) 우리에게 주어진 혜택이 전적으로 우리의 노력에 기인하지 않은 한 우리들의 모든 혜택들은 혜택받지 못한 (혜택받아야 할) 계층에게로 되돌려져야 하는 것은 당연하고도 필연적인 귀결이다.

우리들은 이러한 관점에서 출발하였다. 6월 중순에 첫모임을 가짐으로써 구체적으로 우리들의 상황에서 할 수 있는 역할 수행을 찾아보기 위해 다음과 같은 내용의 공부를 세미나의 형식을 빌려 분석하였다.

1. 한국 사회의 현실에 대한 전반적 상황의 인식
2. 그 안에 내재된 모순의 분석
3. 모순에 대한 구체적 해결책의 모색

4. 학생으로서의 역할 수행

이러한 과정 속에서 우리가 할 수 있는 최소한의 일은 광주천의 문제 지역에 새로운 형태의 야학이 등장해야 할 것과 그에 따른 문제 지역의 조사 및 물색이었다. 7월 중순에 광천동 천주교회 측의 세심한 배려, 지역사회 주민들의 긴밀한 협조 아래 광천 천주교회 교리강습실을 학습 장소로 정하고 학생 모집에 따른 준비작업에 들어갔다. 교재와 교구를 우리 손으로 만들고 수업에 따른 수차의 세미나와 공부를 통해 준비작업을 모두 끝냈다. 7월 23일 신부님과 학생 35명과 강학* 8명, 지역사회 주민 몇 분, 광천·시민아파트 가동 반장님(김영철씨. 광천동지역 빈민운동가로 1980년 5월항쟁 시 도청 내 기획실장으로 구속 조사받던 중 머리를 다쳐서 정신이상증으로 3년간 치료 후 현재 좌수족 마비 증세로 생업 불능, 현재도 광천동 시민 단지에 거주), 광천동 공단측 인사 몇 분을 모시고 역사적인 광천 들불야학 제1기 입학식을 가졌다.

그로부터 4개월! 피로한 하루 일과 속에서도 밝은 웃음을 잃지 않는 학생들과 대하면서 시간 가는 줄 모르는 기쁨이 있었다. 그들 생활의 생생한 체험 속에서 나는 응어리진 슬픔과 부대끼면서 우리들이 꼭 부여잡고 아까워했던 모든 것들을 버려야 했었다. 허영과 위선에 가득찬 환상의 껍데기들을! 무엇보다도 생생한 현실 속에서 살아가는 그들과 공부하면서 진정한 우리와 진정한 우리 것을 발견할 수 있었다. 그들에 감사한다.

* 강학講學: 가르치고 배운다는 뜻. 인간은 불완전한 존재로 인간과 세계에 대한 인식은 인간과 인간이 상호 주체적인 입장으로서의 진실한 대화를 통해서만이 가능하다. 이런 관점에서 우리는 교사를 강학이라 칭한다.

2. 교육목표와 제도, 기타

우리 학당의 교육목표와 방법, 그간의 활동에 대해서 언급하겠다.

교육목표는 사랑이 밑받침된 진정한 인간의 실현에 있다. 구체적인 실현 방법으로는 종래의 주입식 교육*에서 탈피하여 강학과 학생의 대화를 통한 문제 제기식 교육**을 지향한다. 문제 제기의 출발은 구체적인 사회적 조건과 개인의 환경적 조건, 지적 상황, 정서적 상황을 그 출발점으로 한다. 학제에 있어서는 6개월을 1학기로 하고 3학기를 마침으로써 전 과정을 마치게 된다. 교육 과정은 중학 과정이다. 수업은 일주일에 6일(월~토)이며 하루에 한 과목씩 오후 8시~10시까지 2시간이다. 과목은 1기에는 국어, 영어, 수학, 과학, 한문 등 6과목이다. 토요일은 과학 1시간과 학생회의 1시간으로 진행한다. 2기에는 일사와 작문이 첨가된다. 다른 과목은 전체가 모두 함께 수업하며 한문만 3부분으로 나누어 소 그룹제로 택했다. 현재(당시 11월) 학생 수는 25~30명이며 남녀 구성비는 2:3이다. 학력은 대부분 국졸이며 중학교 중퇴도 몇 있다. 연령 구성은 평균 17세이며 소수의 어린 학생과 20세 전의 학생이 있다. 대부분 광천동 거주의 공장 노동자이나 집에서 쉬고 있는 학생

* 주입식 교육 : 교사가 일방적으로 주체가 되어 지식을 전달함으로써 학생과 교사의 분리를 가져오게 되면 학생은 주체가 아닌 객체 즉 대상으로 화한다. 결국 인간과 세계에 대해 편파적이고 획일적인 인식을 초래하게 되며 비인간화를 가져온다. 프레이리는 이를 억압의 도구로서의 교육이라 명명했다.

** 문제 제기식 교육 : 교사와 학생이 상호 주체적인 입장으로서 참여하며 그들은 대화를 통해 세계와 인간에 대한 올바른 인식을 갖게 된다. 학생은 그들 스스로가 교과 과정과 내용을 결정하며 교사는 학생을 위한 보호자로서의 위치를 가진다. 프레이리는 이를 해방의 도구로서의 교육 즉 인간화 교육이라 명명했다.

도 몇 있다. 천주교회와의 관계는 신부님 이하 학생회 평신도 측의 관심 있는 협조로 원만히 유습되고 있으나 가끔씩 수업시간과 교리 강습이 같은 시간에 진행될 때는 곤란한 적도 있다. 지역사회와는 주민들과 접촉할 시간이 별로 없으므로 막연한 상태이나 아파트 주민들 같은 경우 긴밀한 협조로써 도움이 많다. 앞으로 지역사회와의 연대가 더욱 요청된다. 강학들은 전남대학 재학생들로 구성되어 있으며 1기가 현재 6명이고, 2기 강학들은 구성 중에 있다. 학당일에 있어서 상당한 노력과 시간을 할애해야 하는데도 매일 같이 나오는 것은, 강학의 열의 이전에 광천동의 구체적인 상황과 결부된 사회적 당위성이 선행되어 있다.

3. 날짜별 활동 사항

1978. 6. 3. 학당 창설에 대한 구체적 모임. 세미나 계획과 강학의 구성

1978. 7. 8. 목적, 취지, 성격, 방향에 대한 개괄적 논의

1978. 7. 23. 입학식

1978. 7. 29. 제1차 학생회의

주제: 야학이 발전하려면

1978. 9. 19. 수학 연구 수업

주제 : 경제적으로 가난한 사람의 일반적 장래와 가능성

1978. 10. 1. 제1회 체육대회(강학 8명, 학생 29명 참가)

• 내용 : 오전—축구 오후—전통놀이 저녁—탈춤

1978. 10. 23. 학생 편집위원 선거

—『들불야학』 제1호 문집, 1978. 11. 내용 중

들불야학과 5월

시내 여기저기에서 화염이 치솟았다. '경상도 공수부대원들이 전라도 사람들의 씨를 말리려 왔다'는 유언비어가 거리 전역에 퍼져 있었다. 17일부터 유인물을 싸들고 집집에 뿌리면서 숨어 다녔던 우리들은 20일 오전 비가 오면서 모두 힘들이 빠져버렸다. 계속 형제처럼 같이 붙어 다녔던 선출이도 눈이 풀려버렸다. 거리의 싸움도 소강상태에 돌입을 했나 보다. 어디로 가야 할지, 무엇을 해야 할지 막막하기만 하였다. 불현듯 등에 메고 다녔던 등사기와 유인물을 친구 하숙집 창고에 잘 숨겨놓으면서 우린 다시 출발을 했다. 녹색 제복들의 눈을 피해 골목골목을 뚫고 광천동에 도착했다. 그곳은 해방지구였다. 열댓 명의 야학 형제들이 웃으며 반겼다. 그동안 자기들도 열심히 싸웠노라며.

○○이랑, ○○이는 밥을 짓고 ○○이와 용준형은 등사를 하고 ○○ 이와 ○○는 종이를 구해 오고 상원형과 영철이형은 시내에 나가 소식을 들어오고 갑자기 우리 학당은 활기에 차 있었다. 옆의 광천동 아파트 주민들은 돈을 걷어서 전달해 주었다. 김밥도 말아서 갖다 주었다.

계엄군은 광주 외곽으로 밀려나고 우리들은 등사장비를 챙겨 도청에 가까운 YWCA로 이동했다. 등사량이 부쩍 늘어났다. 교대로 밤을 세워 등사를 했다. 등사기도 몇 대 더 불어났다. 인쇄체 글씨를 잘 쓰는 용준이는 필경 전담이었다.

도청 앞엔 매일 수만 명씩 모여서 궐기대회를 하였다. "군인들이 다시는 시내로 들어오면 안 된다", "수많은 시민들을 학살한 주범을 처벌해야 한다"고 시민들은 외쳐 댔다. 우리들도

시민들과 함께 플래카드를 앞세우고 시위를 하였다.

하지만 두려워했던 일이 발생했다. 새벽에 군인들은 M16을 난사하며 밤그늘을 딛고 우리들을 죽이러 왔다. 먼저 여자애들을 뒷문으로 피신시켰다. 총을 나누어 가졌다. 도청은 어떻게 됐을까. 누군가 발을 동동 구르며 울었다. 전화도 불통이었다. 용준이는 아무 말도 않은 채 카빈총만 어루만졌다. '시민 여러분, 계엄군이 진입해 오고 있습니다. 모두들 도청 앞으로 나오셔서 저지합시다!' 다급한 목소리의 여자 가두방송 소리가 계속 울려왔다. 몸이 자꾸만 떨리고 심장이 터져버릴 것 같았다.

동이 밝게 터왔다. 어렵게 빠져나온 나는 같이 있던 동지들을 생각했다. 만삭이 다 된 누나는 나를 잡고 종일 울고 있다. 상원이형을 닮은 불에 탄 시체를 보았다는 이야기를, 용준이와 몇몇의 시체가 확인되었다는 이야기를, 전화를 통해 들은 나는 하루 종일 물 한 모금 목에 넘길 수가 없었다.

들불야학은 자진 폐교를 했고 교도소로 넘어간 영철이형을 구완하러 형수님은 발이 닳도록 교도소 문턱을 들락거렸다.

들불야학을 대신해 공단지역 여기저기에 더 많은 야학들이 생겨났다. 더 많은 야학에서, 광천동에서, 수많은 상원형이, 용준형이, 수많은 ○○이가 더욱 목청 높이 학당가들을 부르며 오늘도 힘찬 노동의 발걸음으로 열심히 살아가고 있다.

편지 1

순임에게 보낸다.

밖에는 어둠이 진하게 깔려 있구나, 어둠에 묻혀버린 대지의 머나먼 곳에 반짝이는 불빛 아래 아득하게 들리는 경운기 소리

는 땅 속에서라도 울려오는 듯 나의 예민한 신경을 건드리는구나,

그동안 건강하게 잘 지내는지 너의 안녕을 묻는다.

순임아,

광주에 있는 야학 학생들도 모두들 잘 있는지……. 모두에게 소식 전하지 못하고 너에게만 연락을 하나 보다.

한 사람 한 사람 흩어져 버리고 다만 몇 명만 광주를 지키는 듯한 느낌이 들어 광주에 가도 가슴 한구석이 허전함을 어찌할 수가 없더구나. 지금 이 시간도 가슴 속이 텅 빈 것 같은 허전함 때문인지 이렇게 외로울 수가 없구나. 뒹구는 낙엽을 볼 때마다 떨어진 낙엽처럼 가버린 형, 동생 그리고 동료들, 이런 사람은 무엇 때문에 누구를 위하여 죽어 갔는지 내가 생각할 때에 도저히 이해할 수가 없구나. 그 죽어간 영혼들은 지금 이 시간 밤하늘을 헤맬 것 같은 느낌이다. 이제는 모든 사건이 일단락되고 형량이 확정되어 신문에도 나왔더구나. 모든 매스컴을 멀리하는 나의 눈에도 그것만은 보이더구나. 사형을 받은 사람, 무기 또는 10년 등등. 그중에 우리와 가까이 지내오던 영철형님이 10년을 받았더구나. 그런데 그 이하의 실형을 받은 명관, 병관, 성섭, 순호 등은 알 수가 없구나……(중략)……

나는 뭐라고 할말은 없지만 어디를 가나 참되게 살아가려는 마음가짐과 노력이 있다면 좋다고 생각한다. 하고 싶은 말은 성실하게 살아가길 바란다는 것뿐이다.

그럼 친구들에게 안부 전해 주렴. 안녕.

—1980년 9월 시골에서 야학 남학생이 광주의 친구에게 보낸 편지

편지 2

영란·순임·양심에게.

많은 만남과 이별이 흘러간다.

가을처럼

나뭇잎, 잎사귀 간지르며 바람이 분다. 가을이, 잎들이 떨어진다. 가을이 되어 가을 속으로

만날 수 없는 정겨운 이들은 그러나 오지 않는다.

가을 속에서 나는 한 장의 잎도 만날 수 없다.

오랜만이다.

영란의 전화로 명관이 재판 소식 들었다.

나는 기도할 뿐이다.

사랑의 신에게, 자유의 바람이 불게 해 달라고.

기업들의 불안정한 경기로 너희들 생활에 어려움은 없는지 모르겠구나, 이곳 몇몇 회사들도 조업 중단하고 있다.

임금은 60%!

그러나

우리 어려운 시대를 사는 지혜보다

어려운 시대를 사는 용기를 달라고 기도하자.

피범벅이 된 우리들의 도시를 이제 우리는 우리의 삶으로 살아야 하지 않겠니!

그리고 어떤 상황에서나 건강은 중요하다 가을을 잘 보내자

그럼 새로운 환희를 기다리며 고통을 이겨내자, 안녕!

—1980년 6월 야학 강학이 학생에게 보낸 글

고광헌

1955년 전북 정읍에서 태어났다. 1969년 교육부가 주관한 스포츠 장학생으로 선발돼 서울 홍익사대부고 입학과 함께 농구선수 생활을 시작했다. 경희대에 특별장학생으로 입학한 뒤 결핵을 앓아 3학년 때 선수를 그만뒀다. 장학금이 끊기고 진로가 막힌 상황에서 당시 국문과에 재직 중이던 황순원 교수를 찾아가 간신히 문장론을 수강하게 되면서 문학과 만나게 됐다.

1984년 시 무크지 『시인詩人』과 『광주일보』 신춘문예에 「흔들리는 창밖의 연가」 등이 뽑혀 문단에 나왔다. 이듬해인 1985년 '5월시' 동인시집 『5월』에 「신중산층교실에서」 등을 발표하면서 동인에 합류했다. 같은 해에 김진경, 윤재철 동인과 함께 교육평론집 『민중교육』 편집에 참여해 선일여고에서 파면된 뒤 학교로 돌아가지 못했다. 선일여고 시절은 가장 창조적이고 상상력 넘치는 순간들이 함께한 시간이었다.

1988년 『한겨레』의 창간기자로 입사해 여러 보직을 거쳐 2011년 대표이사를 끝으로 퇴직했다. 한국인권재단 이사장과 한림대 초빙교수 등을 거쳐 지금은 『서울신문』 사장으로 근무하고 있다.

시집으로 『신중산층교실에서』, 『시간은 무겁다』가 있으며, 평론집 『스포츠와 정치』 등을 펴냈다.

곽재구

1954년 전남 광주에서 태어났다. 전남대 국문과를 졸업하고, 숭실대 대학원에서 한국현대문학을 전공했으며, 현재 순천대 문예창작과 교수로 재직하고 있다. 1981년 『중앙일보』 신춘문예에 시 「사평역에서」가 당선되어 문단에 등단했으며, 이후 '5월시' 동인으로 활동했다.

시집으로 『사평역에서』, 『전장포 아리랑』, 『한국의 연인들』, 『서울 세노야』, 『참 맑은 물살』, 『꽃보다 먼저 마음을 주었네』, 『와온 바다』, 『푸른 용과 강과 착한 물고기들의 노래』 등을 간행했으며, 시선집 『우리가 별과 별 사이를 여행할 때』 등이 있다. 신동엽창작기금(1992), 동서문학상(1996), 대한민국문화예술상(문학, 2018)을 받았다.

김진경

1953년 충남 당진에서 태어났다. 휴전이 되기 3개월 전에 태어나 전쟁의 흔적 속에서 어린 시절을 보냈다. 첫 시집 『갈문리의 아이들』은 이러한 어린 시절의 풍경과 사람들은 계속 살아가기 위해서 이 참혹하고 낯선 상처들을 어떻게 친숙하게 녹여 낼까 하는 물음이 담겨 있다.

1974년 한국문학신인상으로 등단했다. 자족적인 시 쓰기를 수년간 하던 중 1980년 5월 광주항쟁이라는 피 흘리고 있는 상처를 만나 '5월시' 동인으로 활동하고, 이후엔 교육운동에 참여하게 되었다. 이후 본업이라고 생각하는 글쓰기와 교육운동 관련 활동 사이에서 갈등하며 지냈다. 그동안 교육에세이집 『스스로를 비둘기라고 믿는 까치에게』를 내기도 했고, 동화 『고양이 학교』로 프랑스 아동청소년 문학상 앵꼬륍띠블상을 받았다.

나종영

1954년 전남 광주에서 태어났다. 교편을 잡은 아버지를 따라 함평, 장성, 강진 등으로 초등학교를 이곳저곳 옮겨 다녔다. 어린 시절 학교를 여러 곳 옮겨 다닌 탓에 여러 고을의 자연과 지리, 풍습을 체험했고, 이것이 후에 문학을 하는 데 좋은 자양분으로 작용했다. 수많은 시인, 소설가를 배출한 광주고등학교 문예반에서 활동했고, 부모님의 권유로 전남대 경제학과를 입학하고 졸업했다.

1981년 창작과비평사 13인 신작시집 『우리들의 그리움은』으로 등단했으며, 시집으로 『끝끝내 너는』, 『나는 상처를 사랑했네』 등이 있다.

1980년대 초 광주민중문화연구회와 도서출판 광주의 창립에 주도적으로 관여했고, 광주·전남작가회의, 순천작가회의의 출범을 이끌었다. 또한 2005년 9월 광주·전남 지역 최초의 종합문예지 『문학들』을 지역 문인들과 함께 창간하고 지금까지 통권 60호를 발행했다. 현재는 한국문화예술위원회 위원, 조태일시인기념사업회 부이사장으로 있다.

나해철

1956년 전남 나주에서 태어났다. 유아 때부터 10세까지 영산강의 둑 바로 밑에서 살았다. 상여가 나가고, 굿판이 열리고, 마당에서 혼례를 올리고, 큰집에 사람들이 모여 제사를 지내는 동안, 바라보는 흥겨움과 신비와 슬픔이 있었다.

1972년 광주일고에 입학하여, 후에 '5월시' 동인이 되는 곽재구, 박몽구, 최두석을 동기동창으로 만나고, 나종영과 박주관에 이끌려 문학 서클 '용광'에 가입했다. 대학에서는 곽재구가 곁에서 시를 잃지 않게 해 주었다. 1976년 대구 영남대에서 주최하는 천마문학상 시 부문에 당선되었다. 1982년 『동아일보』 신춘문예에 당선되고, '5월시' 동인에 합류했다. 시집으로 『무등에 올라』, 『그대를 부르는 순간만 꽃이 되는』, 『긴 사랑』, 『꽃길 삼만리』 등을 펴냈다. 2016년 세월호 참사 때 304편의 하루 한 편의 시를 써 페이스북에 발표했고, 『영원한 죄 영원한 슬픔』이라는 제목의 시집으로 엮어 냈다. 한국작가회의, 민족문학연구회 소속이다.

박몽구

1956년 전남 광주에서 태어났다. 전남대 영문과를 졸업하고, 한양대 대학원 국문과를 졸업했다. 1977년 월간 『대화』로 등단하여, 5·18 광주민중항쟁을 주제로 한 시집 『십자가의 꿈』을 비롯, 『칼국수 이어폰』, 『황학동 키드의 환생』 등의 시집을 상재했다. 한국크리스찬문학상 대상을 수상했다.
1978년 민주교육지표 사건 관련 1년여의 수배와 투옥 끝에 1980년 당시 시국 관련 학생 조직인 전남대 복학생협의회 회장을 지냈다.
5·18 당시 전남대생 200여 명과 함께 전남대 앞에서 계엄군과 대치 중 시민들과 합세하기 위해 금남로로 진출하여 전투경찰 및 계엄군과 맞서 싸웠다. 이것이 5·18의 발단이 된 것으로 평가받고 있다. 5·18 기간 중 범시민궐기대회를 주도한 혐의 등으로 내란죄로 수배 투옥된 바 있다. 5월구속부상자회 회원이다.
5·18 이후 서울로 상경하여 자유실천문인협의회 청년위원장 등을 지냈다. 월간 『샘터』 편집장을 역임하고, 현재 계간 『시와문화』 주간, 순천향대 객원교수로 있다.

박주관

1953년 전남 광주에서 태어나 광주일고와 동국대 국문과를 졸업했다. 1973년 「풀과 별」로 등단했다. 상명여고 교사로 재직 중 '5월시' 초대 동인으로 참가했다. 문예진흥원을 거쳐 『무등일보』, 『호남신문』, 『광남일보』 기자를 지냈다. 시집으로 『남광주』, 『몇 사람이 없어도』, 『사랑을 찾기 위하여』, 『적벽은 아름답다』 등을 펴냈다.
2001년 천상병문학상 등을 수상하였다. 2012년 지병으로 광주에서 사망하였다.

윤재철

1953년 충남 논산에서 태어나 초중고 시절을 대전에서 보냈다. 서울대 국어교육과를 졸업하고 1981년 '5월시' 동인으로 작품 활동을 시작했다.
시집으로 『아메리카 들소』, 『그래 우리가 만난다면』, 『생은 아름다울지라도』, 『세상에 새로 온 꽃』, 『능소화』, 『거꾸로 가자』, 『썩은 시』 등과 산문집으로 『오래된 집』, 『우리말 땅이름 1·2』 등이 있다. 신동엽문학상과 오장환문학상을 받았다.
1985년 『민중교육』지 사건으로 구속 해직된 후 1999년 복직되어 다시 교직생활을 하다가 정년퇴임하여 현재는 자가 격리되어 집필활동에 전념하고 있다.

이영진

1956년 전남 장성에서 태어났다. 1976년 『한국문학』에 「법성포」 등으로 한국문학 신인상을 수상(1976)하며 등단했다.
1981년 동인 결성에 주도적 역할을 하여 '5월시' 동인시집을 발간했다. 도서출판 청사, 인동출판사 등을 거쳐 1986년 자유실천문인협의회 사무국장을 역임했고, 『전남매일신문』 사장, 광주아시아문화전당 기획단장 등으로 일했다. 이후 아프리카의 남아프리카공화국과 나미비아, 미얀마 등에서 오지탐사를 하면서 사진 촬영에 몰두하고 있다.
시집으로 『6·25와 참외씨』, 『숲은 어린 짐승들을 기른다』, 『아파트 사이로 수평선을 본다』 등이 있다.

최두석

1956년 전남 담양에서 태어났다. 중·고등학교는 광주에서 다녔고, 서울대 국어교육학과를 거쳐 국어국문학과 대학원을 졸업했다.
1980년 『심상』을 통해 등단했고, 시집으로 『대꽃』, 『임진강』, 『성에꽃』, 『사람들 사이에 꽃이 필 때』, 『꽃에게 길을 묻는다』, 『투구꽃』, 『숨살이꽃』 등을, 평론집으로 『리얼리즘의 시정신』과 『시와 리얼리즘』을 간행했다. 오장환문학상을 수상했다.
강릉대 국문과 교수를 거쳐 현재 한신대 문예창작학과에서 교수로 일하고 있다.

윤재철

시는 갈수록 외롭지만 시를 추억하는 일은 마음이 푸근하다. 첫사랑 여인을 추억하듯 아련해진다. 그러나 실패한 사랑의 일처럼 후회 또한 머리를 들어 시를 추억하는 일이 끝까지 편안하지만은 않다. 더구나 지금의 나는 어디로 가고 있는가, 지금의 나를 밀고 가는 것은 무엇인가에 생각이 미치면 꿈처럼 아련했던 마음은 찰흙으로 닫힌 문 앞에 선 듯 답답하고 우울해진다.

나는 능소화를 너무 늦게 만났다. 나이 오십이 다 되어서 만났으니 어린 시절 청년시절의 능소화를 나는 잃어버린 것이다. 해직 생활의 끝 무렵, 고창군 백수읍 길룡리 소태산이 대각했다던 영산성지, 한편 가겟방에 대병소주 사러 들락거리다가 난생 처음으로 능소화를 만났다. 동백꽃은 벌써 다 지고 바야흐로 여름으로 들어서는 길목, 눈부시게 쏟아지는 햇빛 속에 낡은 블록 담장을 가득 덮은 초록잎 사이로 무수히 얼굴을 내민 주황빛 꽃들. 그때 마주친 능소화는 너무 강렬했다. 외로운 객지 생활에 감당할 수 없을 정도로 농염했다.

얼마 전 내 친구 최병우 교수가 메시지를 보내 왔다. 가끔 술자리를 약속하고 안부나 묻던 메시지에 대고, "네 시집은 모두 가지고 있는데 네 번째 시집『세상에 새로 온 꽃』만 없어 교보문고에서 구했다"면서 "이 시집까지는 능소화 이미지가 안 나오는 걸 신기해 하며 읽는다"고 쓴 것이다. 다섯 번째 시집『능소화』를 염두에 둔 얘기일 텐데 소설을 전공한 녀석의 시적 안목에 새삼 놀랐다. 네 번째 시집까지는 능소화가 등장하지 않는다는 사실을 알아차린 것이다.

능소화에 대한 나의 늦깎이 사랑은 강렬한 바 있었다. 그러나 늦깎이 사랑이어서 그랬던지 꽃을 보는 마음은 많이 달라졌다. 그 왕성한 초록잎과 주황빛 꽃송이 속에서 끝내는 입 벌린 허무를 보아 버린 것이다. 뜨거웠던 만큼 그 안에 똬리 틀고 있던 허무는 독했다. 나의 입 벌린 허무론에 대해 친구 녀석은 메시지 말미에 "오죽헌 뒷담 능소화가 생각나네. 고혹적이어서 처량한 주황색"이라고 썼다. 나보다도 더 시인이 되어 버린 녀석의 말이 얼얼했다. 고혹적이어서 처량하다니!

윤재철

이영진

빛의 기억들

산란하는 빛의 아침, 어둠이 가신 산골은 태초의 첫날처럼 경이롭다. 아직 아무런 이름이 붙여진 적이 없는 산골의 아침, 빛은 찬란한 익명의 세계를 펼쳐 놓는다. 이슬에 발등을 적시며 서늘한 기운이 건너오는 산길을 걸어 숲으로 간다. 바랭이, 쇠비름, 명아주, 강아지풀, 박주가리, 환삼덩굴, 털진득찰, 도꼬마리, 개망초, 여뀌로 가득 찬 언덕받이에 이르렀다. 듬성듬성 고추가 자라는 비알진 곁에 잔디로 뒤덮인 봉분 하나가 곱다.

낭자한 매미소리가 햇살 속의 세계를 들어 올린다. 한여름 고추가 익어 가는 인적 없는 산골마을 뒷산, 이 풍경은 얼마나 친숙한 세계인가. 너무 흔하고 친숙해서 이미 자각적인 범주 밖으로 밀려나 버린 세계. 그러나 이 세계야말로 어떤 언어보다 먼저 우리의 생 앞에 다가와 있는 근원적인 공간이었다. 여기서 더 무엇을 기다릴 수 있단 말인가. 스스로 묻고 답하는 세계, 빛나지도 않는 평범한 질문들이 시간 너머의 향기를 뿜어낸다.

내면의 무의식처럼 현존 앞에 선험적으로 펼쳐져 있는 소여所與의 세계가 바로 이런 곳이다. 흰 개망초가 무리지어 피어 있고 환삼덩굴이 온 산의 빈곳을 채우는 고요한 산비알은 때 묻지 않은 형상으로 가득 차 있다.

반생명의 질서와 가치가 척도인 세계에서 이러한 풍경은 그저 은둔자들의 무의지적 공간으로 치부되기 쉽지만 이런 공간이야말로 우리가 잃어버린 '미래'이자 몸이 꿈꾸는 간절한 노스탤지어라고 말할 수 있다. 효율과 실용성, 소유와 소비로 대표되는 디지털 문명의 세기에 이름 없는 우리의 산야가 펼쳐 놓는 이 평범한 풀이름들과 대지의 건강성은 소통 불능의 근대적 자아에 대한 강력한 구원의 메시지일 수 있다. 얼핏 무갈등, 무방향의 자연주의로 받아들여질 위험성도 없지 않지만 우리가 희구하는 몸의 길은 비릿한 풀냄새를 동반하고 있는 이런 길이다.

이영진

최두석

살아 있는 씨앗처럼

광주항쟁이 일어난 1980년은 개인적으로 등단한 해이자 사회에 첫발을 내디딘 해이기도 하다. 출발선에서부터 삶과 시의 근본을 되묻게 되는 그 우연이 나를 운명적으로 '5월시' 동인으로 이끌었다.

'5월시' 동인으로 활동하던 1980년대는 시를 통해 광주항쟁을 보고 광주항쟁을 통해 시를 보던 시절이었다. 광주항쟁은 세상에 갓 발을 내디딘 신출내기 시인에게 삶과 시의 길을 비추는 어둠 속의 불빛이었다. 광주항쟁의 불빛으로 시의 길을 간다는 것, 그것은 고통이면서 동시에 광영이었고 속박이면서 동시에 자유였다. 그 길에서 미워할 것은 분명히 미워하였고 사랑할 것은 애타게 사랑하였다.

그렇게 길 떠난 지 꼬박 40년, 굼뜨고 더딘 걸음으로 헤매기도 많이 하였으나 꾸준히 내 나름의 길을 걸어왔다. 사람들의 삶의 이면을 들여다보고 살아온 이야기를 어루만지면서, 풀꽃과 나무와 새 등 온갖 생명의 생생한 아름다움에 취하기도 하면서, 자극적인 언어의 유행에 맞서 내실이 있는 질박한 언어를 단련하기도 하면서, 살아 있는 씨앗처럼 사람들의 마음속에서 싹트는 힘을 가진 시를 꿈꾸기도 하면서, 그렇게 시의 길을 가며 특별히 자랑할 일은 만들지 못했지만 이제 와 새삼스럽게 가지 않은 길에 대한 미련은 없다.

최두석